Tom. II.

Compos. et delin. *Gorgy*

Deja plus d'une fois j'ai calculé la profondeur du Torrent. *Lettre*

SAINT-ALME.

PAR L'AUTEUR

DE BLANÇAY, etc.

DEUXIÈME PARTIE.

À PARIS,

Chez GUILLOT, Imprimeur, Libraire de MONSIEUR, rue des Bernardins, la première porte cochère en face de Saint Nicolas-du-Chardonnet.

1 *Juillet* 1790.

SAINT-ALME.

LETTRE XXVIII.

Du Château de Valcerné,

Le 27 Mars 1775.

LA route à franc étrier, jour et nuit, aussi vîte que la course des chevaux et le service des relais ont pu y suffire.

A l'entrée de la montagne, un mulet, que j'ai pressé autant qu'il a été possible ; mais, à cause de la nuit, nécessité de m'arrêter à moitié chemin.

Et quelle nuit !

Ils avaient disparu, ces aimables prestiges, qu'au moment où j'ai obtenu ma liberté, l'espérance m'avait offerts. Pas un n'était resté. La crainte seule était là, qui, à la lueur d'une clarté funèbre, me présentait la liste sans fin de tous les malheurs possibles.

Reparti avec le jour. -- Poursuivi par les visions les plus sinistres. -- Le cœur de plus en plus oppressé, à mesure que j'approchais. -- Des pleurs même, qui tombaient involontairement de mes paupières.

A deux pas de la paroisse, (tu peux te rappeler qu'elle est à une demi-lieue avant d'arriver à Haute-

Sise) j'entens de grandes exclamations. C'est Bâkis qui accourt à ma rencontre, en faisant, en disant les choses les plus extravagantes. Arrivé près de moi, il baisait mon habit, ma main, ma botte, caressait le mulet, haletait de joie. Bientôt il me quitte, franchit, ou plutôt rompt une haie, afin d'arriver, par la voie la plus courte, à quelques maisons réunies; court de l'une à l'autre, faisant à chacune un vacarme incroyable, et criant à tue-tête : -- « Bâkis heureux; tous » heureux. Le brave ami revenu. » Jacques, Mathurine, Pierre, » Lauline, Franson, Julien, tous, » tous voir le brave ami revenu ».

Il retourne au-devant de moi, recommence ses bizarres carresses...

Lorsque, la première fois, je lui avais demandé des nouvelles de Joséphine, il ne m'avait seulement pas entendu, tant il était ivre de sa joie. Cette fois, il ne m'entend que trop. Sa folle gaîté disparait subitement. Une sombre tristesse la remplace. Mon sang est déjà glacé. « Mère Germaine, » me dit-il, « dormir là, sans plus s'éveiller ». Et il m'indi quait le cimetierre.

-- « Et Joséphine ?..... » Ma voix suffit à peine à ce seul mot.

-- « Oh ! Joséphine, bien belle ! » riche dame ! Un château là-bas, » là-bas ».

Quelques femmes étaient alors près de moi, me témoignant du plaisir de me revoir, mais accompagné de cet air de contrainte avec lequel on aborde ceux à qui l'on va apprendre quelque malheur.

-- « Bonjour, mes bonnes amies,
» bonjour. Donnez-moi vîte des
» nouvelles de Joséphine ».

-- « Entrez chez nous, » me dit l'une d'elles, « faut que je vous
» parlions ».

Ce début augmente ma terreur. Je descens. J'entre en frissonnant, obligé de m'appuyer sur Bâkis.....

O mon ami! Que devins-je, au cruel récit dont voici l'abrégé!

« Après un mois d'inquiétude,

» Joséphine, voyant qu'elle ne re-
» cevait pas de vos nouvelles, et
» ne pouvant quitter Germaine
» qui était tombée très-malade,
» m'a engagé à aller à la ville,
» savoir ce que vous étiez devenu.
» Ceux-là à qui je l'ai demandé,
» m'ont répondu, avec un air de
» pitié, tout plein de choses que
» je ne voulons pas vous répéter,
» tant y a que vous aviez été arrêté
» par ordre du Roi, et que
» sûrement vous étiez un homme
» perdu ».

« Quand je rapportai ça à Jo-
» séphine, ça manqua de la tuer.
» Elle passa bien des jours et aussi
» les nuits à gémir, à pleurer que

» ça faisait saigner le cœur ; et
» bientôt elle en vint si chétive,
» qu'on aurait dit d'une déterrée ».

« Pourtant son père ayant, de-
» puis beaucoup d'années, arrangé
» çt'affaire qui lui avait fait quitter
» le pays (1), n'avait cessé de cher-
» cher son enfant, mais inutilement,
» personne ne sachant ce qu'était
» devenue la nourrice. Enfin cette
» nourrice a reparu. M. Surcombe
» a eu bientôt retrouvé sa fille,
» mais quasi morte, et n'ayant
» jamais voulu retourner à la ville
» avec lui, à cause de Germaine,
» et bien plus encore, dans le fond

(1) Voyez la lettre X.

» de son ame, à cause qu'elle ne
» pouvait pas quitter l'endroit où
» qu'elle vous avait connu ».

« Quand le pere vit ça, il prit
» le parti de venir la voir souvent.
» Pour cet effet, à son second
» voyage, il fit apporter des meu-
» bles dans l'ancienne maisonnée.
» Il avait bien ses raisons; car,
» dès la troisième fois, il amena
» avec lui un Monsieur, pour être
» le mari de Joséphine, à cause
» que ce Monsieur était riche, et
» que lui n'avait plus rien vaillant.
» Joséphine refusa une fois, dix
» fois, cent fois. Le Monsieur
» venait toujours avec le père, et
» toujours elle refusait, sans que

» le Monsieur en sçut rien. Jamais » elle n'aurait cédé, si son père » n'était pas tombé malade, en » danger d'en mourir. Il lui dit que » c'était de chagrin, et qu'il en » reviendrait, si elle voulait obéir ».

« La pauvre enfant, après s'être » bien désolée, a pris son parti..... » En vérité, ça tirait les larmes des » yeux, la mine qu'elle avait en » allant à l'église. Le Monsieur, » qui, au demeurant, est un brave » homme, croyait que c'était son » humeur d'être toujours triste, et » que, si elle l'était encore plus » que de coutume, ça venait de » la maladie de son père, qui, de » fait, n'en est pas relevé. Il mourut

» quelques jours après. Le lende-
» main, la pauvre Germaine en fit
» autant. Alors Joséphine s'en alla
» avec M. le comte de Valcerné,
» (c'est le nom de son mari) dans
» un beau château, d'où Bâkis nous
» apporte quelquefois de ses nou-
» velles ».

— « Ce serait près d'ici ! » m'é-
criai-je, « ah ! instruisez-moi vîte;
» que je vole à ses pieds. — Un
» instant, » me dit la femme;
» c'est près, si vous voulez; et
» cependant c'est loin. Ça dépend.
» En prenant la bonne route, il
» y en a pour près de deux jours.
» En coupant, comme Bâkis, par
» la montagne, on y va dans une

» forte demi-journée ; mais il y a
» des endroits que le diable y re-
» garderait à deux fois avant d'y
» passer. -- Que m'importent les
» dangers ? C'est le tems qui fait
» tout. Bâkis, veux-tu me con-
» duire ? -- Tout *Bâkis* pour le
» brave ami. -- Eh, bien ! partons
» tout de suite. -- Eh, bien ! par-
» tons tout de suite. »

Et nous nous mîmes sur-le-champ en marche.

En effet, le chemin par lequel il me conduisit, était par-tout on ne peut plus difficile, et, dans quelques endroits, à peine praticable aux bêtes fauves : mais je ne voyais ni fatigue, ni dangers. Forçant les broussailles, gravissant les rochers, franchissant leurs coupures avec l'agilité d'un chamois, traversant les ravins, ici, sur des quartiers de rocs, là, dans l'eau, plus loin, sur des troncs d'arbres, d'où je voyais le flot, se rouler à plusieurs toises au-dessous de moi; ma course n'en était pas moins rapide. Bâkis, malgré l'habitude et sa vigueur, ne suffisait pas à me suivre.

Comme le jour commençait à baisser, je crus m'appercevoir qu'il tournait sur lui-même, et qu'il s'était égaré. Je ne me trompais pas. Après plusieurs gestes de désespoir, il vint, en pleurant à sanglots, se jetter à mes pieds. -- « Tue Bâkis, » me

dit-il,

dit-il ; « le brave ami perdu : Bâkis
» être cause ».

Quelque désespéré que je fusse de ce contre-tems, encore fallait-il consoler ce malheureux. Ce ne fut pas sans beaucoup de peine. J'y parvins cependant ; et je me décidai à passer la nuit à l'endroit où l'obscurité nous forcerait de nous arrêter. Nous ne pûmes que gagner la lisière du bois dans lequel nous nous trouvions.

Là, ce pauvre Bâkis, après s'être de nouveau accablé de reproches, se mit à cueillir des fougères, et à me faire, au pied d'un arbre, un lit sur lequel je consentis à me placer, parce que mon refus aurait achevé de le désoler. Puis, avec un lien de bois, ajustant au bout de son bâton son coûteau ouvert, et portant cette espèce d'arme sur son épaule, à-peu-près comme un factionnaire porte la sienne; -- « Beaucoup de loups, » me dit-il; » mais le brave ami dormir tran- » quille. Grand bruit faire peur aux » loups. Bâkis bruire toujours ».

En même tems, il sortit de sa poche un bout de roseau disposé en flute; et, tant que la nuit dura, il ne cessa pas, une seule minute, de marcher autour de moi, et de souffler dans son roseau.

Dès que le jour parut, nous nous remîmes à battre le pays. Il commença à se reconnaître vers huit heures ; et il pouvait en être dix, lorsqu'arrivés au revers d'une montagne, il me montra, dans l'éloignement, le château de Valcerné.

A cette vue, la joie, la douleur, la fureur, l'amour, la vengeance, toutes les passions possibles m'assaillirent à la fois. Mes sens furent prêts à m'abandonner : mais, rappelé à l'existence par l'excès de tant d'émotions réunies, je pensai que Bàkis pourrait me nuire s'il me suivait ; et, ne voulant ni lui prescrire la dissimulation, ni me fier aux promesses qu'il m'aurait faites, je lui ordonnai de me quitter, et de s'abstenir de venir dans le canton, avant que je l'y appelasse. En lui donnant cet ordre, (sans autre droit que celui que je m'arrogeais) j'avais sans doute la voix bien altérée, l'œil bien hagard. Le pauvre homme *tressauta* d'effroi, s'éloigna de quelques pas, et s'agenouillant derrière un arbre par lequel il croyait être caché, parce qu'il ne me voyait pas. -- « Grand bon Dieu ! » dit-il avec l'accent de la plus grande ferveur, » Bâkis prier de guérir le brave » ami. Ecoute prière à Bâkis ».

Déjà j'étais en marche, les yeux fixés sur le château, ou sur sa direction, quand la vue en était interceptée par les bois ou par la coupe du terrain. Aucun pas, quelque difficile, quelque dangereux qu'il fût, ne me décidait au moindre détour. J'arrive ainsi près d'une gorge, au fond de laquelle est un torrent. Sans faire d'autre calcul que celui de ne pas me détourner, je m'y engage, malgré l'effrayante rapidité de la descente.

Je pouvais en être aux deux tiers, lorsque des cris répétés viennent frapper mon oreille. Je vois en même tems accourir vers moi un homme qui, s'abandonnant à la pente, à travers les bois, les épines, m'a bientôt joint.. Son visage, ses mains sont déchirés; la vîtesse de sa course l'a ésouflé; il est un instant sans pouvoir parler; mais son premier mouvement a été de me saisir le bras avec force.

-- « Il était tems ! » me dit-il ; » encore cinq ou six pas, vous » étiez engagé sur un terrain si » mobile, qu'il vous eût été im- » possible de ne pas finir par tomber » dans le torrent, et vous y auriez » été englouti. Vous paraissez étran- » ger dans ce canton, venez vous » reposer chez moi ; nous y serons » bientôt. -- J'accepte avec em- » pressement. -- A merveille, quand » on accepte ainsi, c'est que l'on » offrirait de même. La formule la » plus polie n'aurait montré que de » la politesse, et vous me prouvez » que vous savez apprécier un ser- » vice ».

Je rougis en m'avouant à moi-même que je n'avais pas parlé de reconnoissance, parce que je n'avais seulement pas pensé au service qu'il m'avait rendu. Occupé d'une seule idée, je n'avais apperçu dans son offre que la possibilité de profiter du hasard heureux, qui plaçait sa demeure dans le voisanage de Joséphine. — « Cette manière franche, » dit-il, « prévient en votre faveur.
» N'est-ce point une indiscrétion,
» de vous demander ce qui vous
» amène ici ? »

La question me déconcerta. Il y avait nécessité absolue de mentir, moi qui jamais..... Il le fallait à cause de Joséphine. Je m'armai d'une audace étrangère, et je répondis, en balbutiant, que j'étais dessinateur, que je courais le pays, avec l'intention de prendre des vues...... « Tantmieux, » me dit-il, se trompant au motif de mon embarras, et voulant le faire cesser; « je prise » infiniment les artistes, et j'aime » à le leur prouver. Si vous n'avez » rien qui gêne votre marche, je » vous prierai de dessiner différentes » vues très-belles, que nous avons » ici. — Tant que vous voudrez, » Monsieur. Seulement j'y mettrai » une condition, c'est que, comme » j'en ferai des études qui me seront » profitables, je vous prie de ne » point me parler de payement. »

Nous cheminions toujours, et notre marche était dirigée vers le château. -- « N'est-ce pas là Valcerné ? lui demandai-je. -- « Pré-
» cisément. -- Vous demeurez donc
» auprès ? -- Plus que cela : je suis
» le Comte de Valcerné. -- Vous !...
Et je restai la bouche entr'ouverte, et dans l'attitude où je me trouvais au moment où il s'était nommé.

Dans le même homme, rencontrer tout-à-coup mon libérateur et mon rival ; pour prix de la vie qu'il m'a sauvée, abuser de sa confiance au point de me laisser introduire par lui-même auprès de son épouse ; trahir ainsi l'hospitalité, la générosité..... J'éprouvais à-la-fois les tourmens de la plus effrénée jalousie, les reproches d'une conscience bourrelée, un sentiment d'horreur pour celui qui m'avait enlevé mon amante, pour moi qui payais d'une perfidie l'être à qui je devais la vie..... Moi, perfide ! j'en fus épouvanté : mais l'amour..... O Dorval ! ton ami, dans ce moment, n'était plus lui ; il a calculé avec sa conscience ; et ce n'est point elle qui l'a emporté.

Après quelques instans de silence, le Comte, ne pouvant rien concevoir à ma stupéfaction. -- « Qu'y » a-t-il donc d'étonnant, que je sois » le Comte de Valcerné ? -- Oh ! » rien..... Mon....sieur...... C'est » que,.... la crainte d'avoir manqué

» aux égards convenables..... Je » vous prie de me le pardonner. » Je n'avais pas l'honneur de vous » connaître. -- Fi ! donc, » reprit-il ; « vous me feriez injure, en me » croyant vain d'un titre que le » hazard m'a donné. Si nous en » étions à comparer les valeurs, » je vous devrais le pas, à vous » qui avez sur moi l'avantage des » talens. »

Nous étions déjà dans un petit bois qui tenait au château. Au détour d'un sentier, une femme tenant un livre..... Elle lève les yeux, jette un cri, tombe..... C'est Joséphine.

Le Comte et moi, jettant aussi

un grand cri, nous volons à son secours. Elle est évanouie. Long-tems nos soins sont inutiles. Enfin elle ouvre les yeux, nous regarde, retombe, en prononçant d'une voix mourante : « Ah ! Dieu ! ».

Cependant nous parvenons à la rappeler à la vie.

Combien le Comte m'effraya, lorsqu'il lui demanda ce qui avait pu l'affecter si vivement ! Elle hésita : mes transes redoublèrent ; mais bientôt elle les fit cesser, en donnant, pour cause de son évanouissement, le sang dont étaient couverts les mains et le visage du Comte, déchirés par les épines, en venant à mon secours.

Et voilà Joséphine, le type de la candeur et de l'innocence, la voila qui, comme moi....! Grand Dieu! A quoi les passions doivent-elles donc conduire des êtres déja viciés, puisque Joséphine, puisque Saint-Alme, qui ne respiraient que la vertu, qui la chérissent encore, ont été réduits à devenir coupables!

Le Comte expliqua à Joséphine (car jamais je ne te la nommerai autrement) il lui expliqua donc à quel point je m'étais exposé..... Elle frémit..... Comment le danger était si pressant, que, pour venir à mon secours, il n'avait eu que le tems d'accourir, et n'avait seulement pas fait attention aux ronces qui l'avaient déchiré..... Nous rougîmes l'un et l'autre, et notre rougeur disait : -- « Homme respectable, » tu ne sais pas qui tu as secouru ! »

Il ajouta que j'étais un artiste ; que, dès le premier coup-d'œil, il s'était prévenu en ma faveur..... Notre rougeur augmenta....... Qu'il m'avait engagé à demeurer quelque tems chez lui..... Ces derniers mots mirent le comble à la gêne que Joséphine éprouvait déjà.

Heureusement, nous étions à la porte des appartemens. Les politesses d'usage rompirent cette pénible conversation ; mais notre embarras se renouvella en entrant dans le sallon.

A côté d'un fauteuil, que je jugeai tout de suite être la place la plus habituelle de Joséphine, était sur une petite table une cage occupée par un bouvreuil, qui, dès qu'il nous entendit, vint contre le grillage, en battant des aîles.

Il allait m'échapper quelqu'exclamation, qui m'aurait trahi. Joséphine s'en apperçoit à tems, me tire par le pan de mon habit, et je ne dis que ce mot : « Un bouvreuil ! -- Rien de plus, » répond le Comte; » mais elle l'avait étant fille : elle » n'a pas voulu s'en séparer. Peut-» être aurait-on le droit de dire » qu'elle l'aime jusqu'à la faiblesse. » -- Je vais, reprit-elle, me hâter

» de le prouver, en priant Monsieur
» de ne point approcher de sa
» cage, qu'il n'ait bien fait con-
» naissance avec lui. La vue d'une
» personne nouvelle pourrait le
» contrarier. »

Cette adroite prière m'empêcha de courir à l'oiseau, qui sûrement m'aurait reconnu, et dont les caresses auraient surpris le Comte; mais juge dans quel état je devais être, en apprenant qu'elle aimait, jusqu'à la faiblesse, un être qui m'avait appartenu !

Un étranger qui arriva pour dîner, fit une diversion, à laquelle nous dûmes la possibilité de nous contenir.

Après son départ, le Comte me mena voir plusieurs points de vue.

Au retour, Joséphine s'était retirée dans son appartement, à cause d'un violent mal de tête. La mienne n'était pas dans un meilleur état ; et, prenant le prétexte d'une grande lassitude, je demandai au Comte la permission de le quitter de bonne heure.

Le soir, de ma chambre où je venais d'entrer, j'entens des cris d'enfant. Avant qu'aucune idée ait eu le tems de se présenter à moi, ils ont porté sur mon cœur. J'interroge la servante qui m'avait conduit. — « Pardi ! » me répond-elle, » c'est le garçon d'not' maîtresse. »

Ce dernier coup achève de m'accabler. Je tombe dans cet anéantissement qui précède le dernier moment de l'existence. J'ignore combien de tems il a duré ; mais, reprenant ma fureur avec mes sens, je veux courir du côté où j'ai entendu ces cris..... que je crois entendre encore. Je n'avais point de projets ; non, je n'en avais point. Je n'aurais pu en avoir que de sinistres..... Une obscurité profonde retient mes pas, et me force de rester chez moi.

Là, dans l'agitation d'un forcené... « — Et je m'arrêterais, » m'écriai-je, » dans cette demeure infernale ! » pour y voir, entre les bras d'un

» autre, l'être que l'amour et le Ciel
» m'avaient destiné ! pour voir l'en-
» fant de Joséphine, sourire à mon
» rival ! le caresser ! lui balbutier ce
» doux nom de père, qui aurait dû
» m'appartenir ! pour voir ce gage
» de leur tendresse, ajouter encore
» à leur félicité !..... Non. Chaque
» instant me livrerait à de nouveaux
» déchiremens. Et qui sait à quoi
» ne se porterait pas un malheureux
» aliéné par tant de supplices ac-
» cumulés !..... O jour ! hâte-toi de
» venir éclairer ma fuite. Que j'aille
» aux extrémités de l'univers, loin
» de tout être de mon espèce, finir,
» dans le désespoir, ma doulou-
» reuse carrière.... Mais, non : je

» ne m'éloignerai pas. Ce serait la
» laisser jouir en paix de son bon-
» heur, et je veux au moins me
» venger en le troublant. La vue
» de celui que l'on fait souffrir
» est un tourment affreux. Eh, bien!
» je serai toujours là. Je veux, par
» ma présence, empoisonner la
» durée entière de sa vie. Je veux
» m'attacher à elle, comme le re-
» mords déchirant. C'en est fait;
» je reste ».

Hélas! il le fallut bien. Le même jour qui devait me voir fuir, car sûrement j'aurais fui, malgré l'idée que m'avait suggérée un premier moment de fureur, ce même jour a vu le commencement d'une maladie mortelle, qui, pendant trois semaines, m'a retenu dans mon lit.

Les soins que le Comte m'a rendus ont d'abord envenimé mes souffrances. Insensiblement je suis devenu plus juste. J'ai fini par en être touché. Quelle haine pourrait tenir long-tems contre la bienfaisance ?

Depuis que le danger de la fièvre a disparu, Joséphine vient souvent, avec le Comte, passer quelques heures dans ma chambre ; mais je suis parvenu à la voir avec une certaine tranquillité. La réflexion, la reconnaissance à laquelle le Comte m'a forcé, peut-être plus encore la maladie, ont triomphé de mon effervescence ; et, au moment où je t'écris, je suis aussi dompté qu'on puisse l'être avec une ame aussi ardente que celle de ton malheureux ami,

SAINT-ALME.

LETTRE XXIX.

Du Château de Valcerné,

Le 3 Avril 1775.

DEPUIS trois jours, je descens au sallon. Ce matin, le Comte, qui avait une partie de chasse, part brusquement après le déjeuner, et me laisse avec Joséphine.

Je chercherais envain à te dire les sensations diverses que j'éprouvai en me voyant ainsi seul, et sans m'y être préparé, avec cette femme adorée, dont j''ai attendu mon bon-

adorée, dont j'ai attendu mon bonheur, à laquelle j'ai voué tout mon être, qui sera, jusqu'à mon dernier soupir, l'unique objet de mes pensées, et qui doit à jamais réserver pour un autre ses moindres sentimens.

Long-tems, nous gardons le silence; elle, tenant un ouvrage auquel elle ne travaille pas, mais qui lui sert de prétexte, pour ne pas lever les yeux de mon côté, le sein agité d'un mouvement incertain et rapide, la respiration coupée: moi, la dévorant de mes regards, toujours prêt à parler, mais la parole expirant sur mes lèvres, le sang bouillant, la tête perdue.....

Je

Je ne puis résister davantage. Je m'empare de sa main, que je couvre de baisers, que j'inonde de larmes.

-- « Est-ce bien, » m'écriai-je, » est-ce bien ma Joséphine? -- Non, me répond-elle; « c'est Madame de » Valcerné, qui ne doit pas per- » mettre..... Saint-Alme, relevez- » vous et écoutez moi. »

J'obéis comme l'esclave qui tremble au moindre mot de son maître.

« Je sais, Saint-Alme, combien » l'événement doit me faire trouver » coupable. -- Je suis instruit; et » je ne vous en veux pas. -- Une » lettre que vous m'avez écrite au

» moment d'avoir votre liberté [1],
» et qui m'est seulement parvenue,
» il y a peu de jours, m'a trop
» appris, en m'informant de vos
» malheurs..... — Je n'en ai connu
» qu'un, celui d'être séparé de
» mon amante; j'y aurais succombé,
» si j'avais pu croire que ce serait
» pour toujours. — Nous pouvons
» ne le pas être, mon cher Saint-
» Alme. Au lieu d'une amante,
» que ce titre seul rend criminelle,
» voyez en moi une chaste amie,
» une sœur tendre; et nous con-
» naîtrons encore le bonheur. Sans

(1) La lettre dont est question dans la note de la page 200 (lettre 27).

» cela, il est à jamais perdu pour
» nous. Pensez combien, dans le
» seul jour de votre arrivée ici,
» nous nous sommes dégradés, avilis
» par une fausseté aussi forcée que
» révoltante; combien nous sommes
» déjà coupables, moi, envers celui
» auquel les loix et la religion
» m'ont liée, vous, envers l'homme
» qui vous a sauvé la vie, qui,
» depuis, ne cesse de vous combler
» de biens. »

Que te dirai-je, ô mon ami? Cette femme étonnante a rappelé la raison dans mon ame éperdue, a épuré le sentiment qu'elle m'inspire, lui a ôté l'âcreté de l'amour, pour ne lui laisser que le doux charme de l'amitié ; et, au lieu d'une passion désordonnée, qui me livrait à des supplices sans fin, un attachement chaste et respectable va faire à jamais le bonheur de ton ami,

SAINT-ALME.

LETTRES XXX, XXXI, XXXII, XXXIII, XXXIV.

Toutes du Château de Valcerné.

Les 6, 9, 10, 12, 17 Avril 1775.

Elles contiennent beaucoup de détails aussi longs qu'indifférens. Les efforts que le pauvre Saint-Alme fait pour paraître calme et content, le rendent d'une diffusion insuportable.

Voici un extrait qui tiendra lieu de ces cinq éternelles lettres.

Joséphine a joint à ce que la nature lui avait accordé, des lectures nombreuses, bien dirigées, et dont elle a tiré le plus grand fruit. Sa conversation est aussi intéressante que ses principes sont purs; et ses charmes, toujours les mêmes, que peut-être une teinte de langueur rend encore plus séduisans, sont l'objet de l'admiration continuelle de Saint-Alme : mais la vertu est toujours là, qui défend son cœur des accès d'une passion criminelle.

Il se distrait en parcourant le pays, en dessinant des vues, qu'il ne manque jamais de prendre de manière que le château de Valcerné en soit l'objet principal.

Il seconde aussi le Comte dans les détails de l'administration rurale.

Ils ont pris l'un pour l'autre une véritable amitié. Il en résulte, de la part de Saint-Alme, le récit de tout ce qui lui est arrivé, sauf ce qui a rapport à Joséphine, ou plutôt, il n'en omet que ce qui pourrait éclairer le Comte. Du reste, il ne lui cache ni son amour, ni ses peines. Seulement il met Sophie à la place de Joséphine; et c'est le souvenir de cette amante perfide, qui fait, qui fera à jamais le tourment de sa vie. Cette fausse confidence, et la chaleur des expressions qu'il emploie en peignant sa douleur, ont le double avantage d'éloigner tout soupçon, et d'expliquer une foule de choses qui, par la suite, auraient pu en faire naître. Le Comte prend la plus grande part à ses peines. Il veut que Saint-Alme n'ait plus d'autre dememeure que son château. Alors le revenu de la ferme, dont celui-ci a parlé dans une de ses premières lettres, lui devient plus que suffisant.

Saint-Alme va à la ville faire les arrangemens convenables.

Ce voyage le met dans le cas de mieux juger les citadins, et de voir combien il a eu tort de s'être déchaîné contre tous, parce qu'il a eu à se plaindre de quelques-uns. En effet, il a éprouvé, de leur part, le trait le plus loyal.

Lors de sa détention et de la mort de son père, l'un et l'autre avaient des dettes assez considérables. Sur le bruit de ces deux événemens, les créanciers s'étaient réunis ; à leur tête, le propriétaire de la maison auquel les derniers loyers étaient dus. On avait arrêté de remplir les formalités aux moindres frais possibles. Ensuite, l'un d'eux s'était rendu séquestre, tout avait été transporté chez lui ; et l'on était convenu de ne rien vendre, tant que l'on pourrait croire le fils existant.

Il trouve effectivement les choses dans le meilleur état.

Il fait faire lui-même une vente, dont il n'excepte qu'une collection d'objets rares, que son père a apportés de plusieurs voyages dans les deux Indes, et qu'il destine au Comte de Valcerné.

Il remarque qu'à la vente, le reste, bien loin d'être déprécié par la circonstance, est porté à la plus grande valeur possible, et que l'intérêt qu'inspirent ses malheurs, préside seul aux enchères.

On peut juger de l'effet que produit sur lui cette suite de traits généreux et délicats. Aussi les expressions de sa sensibilité et de la réparation qu'il fait aux habitans des villes, sont-elles aussi vives, que l'ont été celles de son déchaînement contre eux.

En revoyant Joséphine, il a de nouveaux combats à se livrer. Il en sort triomphant.

Les raretés qu'il a réservées pour le Comte, font le plus grand plaisir à celui-ci. On y consacre une pièce qui sert déjà de bibliothèque. C'est là que Saint-Alme passe une partie des journées, soit à mettre en ordre ce qu'il a apporté, soit à lire et relire.... les œuvres de Jean Jacques.

Les œuvres de Jean Jacques! Et il se croit guéri!...... Pauvre Saint-Alme!

LETTRE XXXV.

Du Château de Valcerné,

Le 28 Avril 1772.

IL n'était qu'apparent, le calme dont je m'applaudissais. Une étincelle a renouvellé l'incendie.

Aujourd'hui, quelques voisins du Comte sont venus dîner au château. Le premier qui est arrivé, encore assez jeune, s'est avisé, en entrant, d'embrasser Joséphine.

A l'instant, j'éprouve une subversion totale. A l'instant, la raison,

la

la prudence fuient loin de moi. Révolté de cette audace, prêt à punir le téméraire dont les lèvres ont osé toucher la joue de cette femme chérie, je me lève furieux.... Heureusement, je rencontre les yeux de Joséphine. Un regard imposant retient ma fougue. Je m'arrête, suffoqué de dépit, bouillant de colère, et brûlant d'exhaler la jalousie qui me déchire. Après plusieurs combats avec moi-même, je jette brusquement la conversation sur l'abus des usages, de celui surtout qui permet d'embrasser les femmes auxquelles on est indifférent; et, ne gardant aucune mesure, bravant le risque des applications, je fais la sortie la plus vive contre ceux qui, à l'abri de cet usage, profanent la beauté sur laquelle ils n'ont le droit d'aucun sentiment.

Le bonheur de Joséphine, le mien par conséquent, ou plutôt, l'amour qui veille sur notre destinée, a voulu qu'il n'y eût alors avec nous que l'homme qui était l'objet de ma sortie, et que ce fût un de ces lourds campagnards qui ne comprennent absolument rien au delà des calculs d'une ferme (1).

Quand le Comte arriva, j'étais un peu remis; mais un nouvel

---

(1) On verra par la suite qu'il se trompait.

événement m'exposa bientôt à de nouvelles imprudences.

Un des convives s'avise d'apporter des fleurs rares pour ce pays-ci, de les présenter..... Ma fureur, à peine assoupie, se réveille avec plus de force. Un coup d'œil foudroyant, que je lance à Joséphine, l'empêche de placer le bouquet qu'elle a craint de refuser; et, saisissant le premier moment où je puis n'être entendu que par elle : -- « J'espère, » lui dis-je à demi-voix, et avec un accent qui la fit frémir, » j'espère que vous ne le porterez » pas. -- Hélas! comment voulez- » vous que je fasse? -- Je ne sais; » mais s'il touche votre sein, si

» seulement il en approche, je » l'arrache, je le déchire, je le » foule aux pieds devant tout le » monde. -- Soyez donc tranquille; » je trouverai quelque prétexte.... »

Le Comte s'approche. -- « Vous » me voyez, » lui dit-elle, » dans » l'embarras de *trouver quelque* » *prétexte* de refuser ces fleurs, sans » offenser celui qui me les a données. » Elles ont trop d'odeur, et peuvent » me faire mal. -- « Mais rien n'est » si simple, » dit le Comte, en élevant exprès la voix; « si ces » fleurs vous incommodent, Mon-» sieur de Gerfond permettra que » vous vous absteniez de les por-» ter. »

M. de Gerfond s'empressa de se confondre en excuses, en prières de laisser le bouquet. Lui-même le prit, et le plaça sur un appui de fenêtre. Quand on est allé dîner, je suis resté le dernier, et je l'ai fait tomber dans les fossés du château.

Alors, mon accès de jalousie s'est un peu calmé. Il a cessé entièrement, au départ des deux hommes qui l'avaient causé ; mais je ne suis pas dans un état moins pénible. J'ai offensé ce que j'aime. Il n'y a plus de paix pour moi, jusqu'à ce que j'aie obtenu mon pardon.

Je l'obtiendrai : elle est si bonne ! Elle sera touchée de mon repentir ;

et, elle le sait, si elle demeurait irritée, ce serait condamner à la mort le malheureux

SAINT-ALME.

LETTRE XXXVI.

Du Château de Valcerné,

Le 29 Avril 1775.

LE Comte sorti : tout le monde éloigné : Joséphine seule dans son appartement : c'est le moment d'aller me jeter à ses pieds.

Je pars d'une marche précipitée. A mesure que j'approche, elle se ralentit. Mon pas finit par devenir si incertain, si furtif, qu'à peine peut-il être entendu. Il l'est d'autant moins par Joséphine, qu'alors occupée de son enfant, elle lui chante un de ces airs simples, que la tendresse maternelle se plaît à répéter des milliers de fois, parce que l'enfance se plaît à ces répétitions.

Ainsi, j'arrive sans qu'aucun bruit l'avertisse, sans qu'elle prenne aucune précaution..... Et son sein était entièrement découvert!

Avant qu'elle m'ait apperçu, je m'y suis précipité, je l'ai couvert de mille baisers brûlans. En vain veut-elle me repousser. En vain se plaint-elle, s'irrite-t-elle de mon audace. Ses efforts, ses reproches sont perdus. Le furieux qui en est l'objet n'entend rien.

Cependant l'enfant, que probablement j'ai froissé, jette un cri. La frayeur que ce cri cause à sa mère, double les forces de celle-ci. Ce n'est plus de me dérober ses charmes qu'elle s'occupe, c'est de sauver son fils. D'un seul effort, elle s'arrache d'entre mes bras, va se refugier à l'extrémité de la chambre, le serrant dans les siens, le détournant pour le soustraire à mes regards, comme si mes yeux l'eussent menacé de la mort.

En effet, ils devaient être terribles, mes yeux. Il se passait en moi des choses révoltantes. Cet enfant, qui me rappelait le bonheur de celui qui possédait mon amante ! Cet enfant !.... Dans ce moment sur-tout, où mes sens embrasés livraient mon cœur aux passions les plus effrénées, j'aurais voulu, je crois, que la foudre frappât cet être odieux, et l'anéantit devant moi.

Cependant, d'une main, elle le place dans son berceau, de l'autre, elle couvre d'un mouchoir ce beau sein..... Alors, me jetant un regard qui exprime à-la-fois le reproche, un reste de frayeur, et la confiance d'un suppliant dans celui qu'il implore ; -- « Saint-Alme, » me dit-elle, avec un accent vraiment angélique ; « est-ce bien vous ?..... » La voix lui manque. Deux torrens de larmes inondent ses joues. Je m'élance à ses pieds. -- « O Joséphine !

» Joséphine ! Punis un monstre. Si
» sa mort peut seule t'appaiser, dis
» un mot ; et il vole à la mort.
» Elle ne sera pour lui que la fin
» des tourmens les plus affreux.
» L'enfer est dans mon sein. Le
» crime est prêt à y entrer. Je
» serai trop heureux de mourir,
» pourvu que tu m'ayes pardonné.
» -- Saint-Alme, votre tête est
» perdue en ce moment. Sortons
» ensemble. Le grand air......
» -- Vous avez raison ; je sens que
» je brûle : mais, auparavant, dites-
» moi que vous m'accordez mon
» pardon. -- Je vous le dis de bon
c cœur. -- Eh, bien ! scellez-le,
» en permettant qu'un baiser.....

» Ne vous allarmez pas ; il sera
» aussi chaste que celui d'un frère
» à sa sœur ».

Elle hésite. Cependant j'étais plus tranquille, et sans doute mon air l'annonçait. Sans doute il annonçait aussi qu'un refus pourrait m'irriter et renouveller mon délire. Elle se baisse (j'étais toujours à genoux). Mes lèvres tremblantes osent toucher ses joues, que la frayeur a décolorées ; et, fidèle à ma promesse, je n'y dépose qu'un baiser fraternel.

Nous entendons du bruit. C'est le Comte qui vient me proposer une partie de chasse. Un coup-d'œil de Joséphine m'ordonne d'accepter. Nous partons.

Le grand air, un exercice forcé, ont fait, pendant toute la journée, une diversion qui avait achevé de me rendre à moi-même. Je le croyais du moins ; mais je sens trop que je me suis trompé. J'éprouve dans mon sein..... Je ne puis comparer ce que j'éprouve qu'à ces agitations souterraines qui précèdent les éruptions des volcans.

O mon ami ! Je crains bien qu'il n'y ait plus de repos pour

SAINT-ALME.

LETTRE XXXVII.

Du Château de Valcerné,

Le 1 Mai 1775.

JE ne t'ai dit que trop vrai. Il n'y a plus que souffrances pour ton malheureux ami.

Cet enfant me devient chaque jour plus odieux. Le Comte, ce digne bienfaiteur, sa vue me révolte. Joséphine elle-même..... L'idée qu'elle fait le bonheur d'un autre, me rend sa présence insupportable.

Saint-Alme, dont l'ame est si

aimante, ne plus connaître que la haîne ! Non, ce n'est plus moi qui suis dans moi. C'est un monstre auquel voudrait échapper le véritable

SAINT-ALME.

LETTRE XXXVIII.

Du Château de Valcerné,

Le 4 Mai 1775.

LE Comte vient d'achever de me faire abhorrer son enfant. N'a-t-il pas osé me témoigner le desir que je concourusse, *par mes talens*, à son éducation ?

Conçois-tu l'empire qu'il m'a fallu sur moi, pour ne pas laisser voir l'horreur que me faisait une telle proposition ? Moi ! Je donnerais des soins au fils de mon rival ! Je

m'exposerais à des succès qui ajouteraient encore au bonheur de son père ? Ce père, que je déteste, je le suppléerais auprès de cet enfant que je voudrais voir anéanti.

Je me suis cependant contenu ; et j'ai répondu assez tranquillement : -- « Si j'avais des talens, je craindrais » au moins de ne pas avoir celui » de les communiquer ».

Sitôt que j'ai pu quitter le Comte, je suis venu chez moi, déchirer » mes dessins, briser mes crayons.... Je me blesserais, s'il le fallait, plutôt que de rien enseigner à cet enfant.

O mon cher Dorval ! Que tu dois plaindre ton malheureux ami,

SAINT-ALME.

LETTRE XXXIX.

Du Château de Valcerne,

Le 16 Mai 1775.

RENDONS graces au Ciel, mon cher Dorval : ton ami est redevenu lui-même. La sensibilité, non celle qui, dans ses excès, sert d'aliment aux passions effrénées, mais celle que la vertu approuve, n'était point anéantie chez lui. Elle n'était que suspendue. Un événement l'a rappelée toute entière, l'a fait triompher de ces idées funestes dont

ton ami était obsédé. Oui, Dorval, elles sont loin de moi, ces affreuses idées; et le cœur du pauvre Saint-Alme n'est plus desséché par les poisons dont les furies l'abreuvaient.

L'enfant de Joséphine..... Tu as vu, naguères ma haîne et mes imprécations appeler la foudre sur sa tête. Tu as dû croire que j'aurais eu l'atrocité de connaître la joie, si, dans ce même instant..... Je m'arrête glacé d'horreur..... J'étais un monstre alors..... Non; je ne l'étais que dans mes expressions : je l'éprouve aujourd'hui; et tu vas le penser toi-même.

L'enfant vient de succomber aux douleurs de la dentition. Eh, bien!

à présent qu'il a cessé de vivre, de l'instant même qu'il a commencé de souffrir, ma haîne a disparu; j'ai oublié qu'un autre était son père: je n'ai plus vu en lui que le fils de Joséphine, qu'un être aux prises avec la douleur; et mon cœur a retrouvé son ancienne sensibilité.

On eût dit que cet infortuné sentait mon retour à la vertu. Il me faisait de si tendres caresses! Ses petits bras m'étreignaient avec tant d'expression!..... Charme puissant de l'enfance et de la douleur! Il m'arrachait des larmes; et elles sont bien douces, les larmes, pour le malheureux que les passions consument!

Enfin, à son dernier moment,.... ses deux mains serraient une des miennes, avec cette force que donnent les convulsions; pressé contre le sein de sa mère, dont je n'ai pas besoin de te dire l'état, son regard se porte sur elle, sur moi.... C'est ainsi qu'il expire..... Le désespoir de Joséphine ne m'a point étonné, puisque moi,.... moi, dont il aurait dû être le fils,..... moi, qui, jusqu'à ce jour, n'avais vu en lui qu'un objet d'exécration..... « J'aurais donné alors une partie de mon existence, pour le rendre à sa malheureuse mère..... Ç'aurait été aussi le rendre à mon rival. N'importe. J'ai vu ce pauvre enfant souffrir et mourir. Le voir vivre serait mon unique vœu.

Adieu. Tu vois que je suis encore digne d'être ton ami,

SAINT-ALME.

LETTRE XL.

Du Château de Valcerné,

Le 30 Mai 1775.

O mon ami ! Quelles cruelles journées ! Quels siècles de douleur je viens de passer ! Joséphine sans cesse entre la vie et la mort ! Vingt fois, mille fois expirant dans mes bras !.....

Je m'étais bien apperçu que, devant moi, elle contenait une partie de son désespoir. Elle savait que, jusqu'alors, je n'avais vu, dans son fils, que l'enfant de mon rival. Elle craignait que la connaissance de tout ce qu'elle éprouvait, ne me rendît à mes anciennes fureurs... Hélas ! ma conduite passée ne l'avait que trop autorisée à me redouter.

L'infortunée ! Je lui savais gré de la portion de douleur qu'elle cherchait à me dérober. J'aurais dû penser au contraire combien les déchiremens intérieurs en étaient plus violens, et préparaient des effets plus funestes : j'aurais dû prévoir que ces larmes retenues tomberaient sur son cœur, qu'elles y fermenteraient, que l'explosion serait d'autant plus terrible..... Aveugle que j'étais, loin même de de rien soupçonner, je regardais comme un bonheur l'empire que Joséphine avait sur elle; et, le soir, quand nous nous séparâmes, ce fut, de ma part, avec une sécurité.... Hélas! qui ne dura pas long-tems.

J'avais passé une partie de la nuit à rendre graces au Ciel de m'être retrouvé, après avoir été si étranger à moi-même; à savourer cette jouissance ineffable, que procure le retour au bien. A la vérite, cet état délicieux d'une conscience satisfaite était troublé par l'idée du chagrin de Joséphine, par celle de cet enfant..... Mais ces idées si pénibles étaient, à leur tour, affaiblies par ma confiance dans le courage qu'elle avait montré, par la certitude que mourir au commencement de la carrière, ce n'est que se soustraire aux maux qui nous y attendent. Enfin, je commençais à me livrer au sommeil, lorsqu'un bruit, d'abord incertain, m'éveille... Je me lève.... Bientôt des cris..... Je cours..... « Elle se meurt ! Elle se meurt ! » entens-je de toutes parts..... Plus rapide que l'éclair, je suis auprès d'elle..... Dieu ! quel spectacle !

Joséphine dans le délire d'une fièvre brûlante, les bras contractés, les cheveux épars, les traits déformés, les dents serrées, les lèvres desséchées et noircies, les joues d'un rouge enflammé, l'œil tantôt roulant dans son orbite avec une mobilité effrayante, tantôt fixe et hagard, voyant, au lieu des objets qui sont réellement là, ceux que lui présente le dérèglement de son imagination..... Que dis-je? Elle n'en voit qu'un. C'est son fils qu'elle appelle; c'est son fils qu'elle demande à la nature entière; c'est son fils qu'elle veut disputer à la mort..... « Mon fils! Mon fils! » ne cesse-t-elle de crier avec un accent déchirant..... En même tems, comme s'il était là, elle étend les bras, elle s'élance pour le suivre, pour le défendre; et alors ses forces deviennent tellement surnaturelles, que quatre ou cinq femmes qui l'entourent, suffisent à peine à la contenir. Bientôt, épuisée par tant d'efforts, elle tombe dans l'inaction de l'affaissement. Une teinte pâle et livide s'étend sur son visage; son œil morne disparaît sous des paupières qui peuvent à peine rester entr'ouvertes; ses bras tombent abandonnés, comme si déja ils avaient cessé de vivre; un râlement sourd se fait entendre dans sa poitrine qui n'a plus la force d'exhaler des sons: ce n'est pas encore la mort; mais ce n'est presque plus la vie.....

O mon ami! comment te peindre ma situation d'autant plus affreuse, que j'étais obligé de me contraindre!

Le cœur brisé de désespoir, je ne pouvais montrer que de la douleur. J'allais perdre mon amante; il fallait ne paraître m'occuper que d'une amie. Il fallait plus encore. Seul capable de seconder le chirurgien, j'étais réduit à montrer du courage, à conserver ma tête..... Que devins-je, lorsqu'une saignée.....? Lorsque je vis jaillir ce sang, pour une seule goute duquel j'aurais donné tout le mien! Oh! combien il faut qu'ils soient puissans, les moyens qui nous font exister, puisqu'un tel spectacle n'a pas décomposé mon être! Mais, non; je n'y aurais pas résisté long-tems. J'étais à la fin de mes forces. J'allais succomber, me trahir.....

lorsqu'un faible apperçu de moins mal-être me rendit l'espérance. Les grands symptômes de convulsions disparaissent ; sa respiration, en devenant plus faible, devient aussi plus libre ; ses paupières se soulèvent, son regard est encore éteint, mais il paraît assuré..... Elle le promène autour d'elle..... Ah ! sans doute, c'était moi qu'elle cherchait... Dès qu'elle m'apperçoit, elle s'arrête, me fixe ; son œil s'anime ; d'une de ses mains que je tenais, elle serre la mienne avec toute si force dont elle est capable ; en même tems s'exhale de sa poitrine un soupir prolongé.... Heureusement tout le monde pleurait, et je pus aussi pleurer. Si ces larmes-là étaient restées sur mon cœur, elles y auraient eu l'effet d'un poison corrosif.

Depuis ce moment, il n'y a plus eu de danger réel ; mais moi, j'en ai vu long-tems encore. Cependant j'ai affecté plus de sécurité que les autres, afin d'en venir à écarter la foule, sous le prétexte de la tranquillité dont elle avait besoin, et à ne garder auprès d'elle que la fidèle Marianne (1).

---

(1) C'est une fille de Haute-Sise, qui est au service de Joséphine, et qu'il a fallu mettre dans ses intérêts, parce qu'elle était instruite de l'amour de Saint-Alme, ainsi que tous les habitans de Haute-Sise. --

Les stations que je pouvais raisonnablement y faire, la communication de sa chambre avec la piece qui sert de bibliothèque, et dans laquelle on est accoutumé à me voir passer la plus grande partie du tems, enfin les circonstances, mes précautions, et la bonne Marianne, m'ont fourni le moyen d'être sans cesse aupr s de Joséphine, et cependant d'échapper aux observations qui auraient pu la compromettre.

Saint-Alme en avait parlé à Dorval dans une des cinq lettres qui ne sont ici que par extrait, (de la page 41 à la page 47).

Tu juges bien qu'en effet je ne l'ai pas quittée un seul instant, que mes yeux étaient, sans relâche, fixés sur elle, que son poulx, interrogé mille fois par heure, était le thermomêtre de mon existence, que je ressentais avec elle les ardeurs et les frissons de la fièvre, que, jusqu'à ma respiration machinalement d'accord avec la sienne, se coupait, ou se prolongeait de même.

Il n'y avait que son sommeil que je ne partageasse pas ; il eût fallu la perdre de vue : mais il n'en devenait pas moins un repos pour moi, par l'idée du bien être qu'il lui procurait.

Une fois, elle s'endormit, la tête

appuyée sur mon bras, de manière que la circulation de mon sang était interceptée. Bientôt je ne le sentis plus que par les picottemens insupportables, qui accompagnent ce genre d'engourdissement. Je restai trois heures dans cette attitude qui devait, en elle-même, être bien pénible; mais je tenais mon amante entre mes bras, presque sur mon cœur; cette place, elle l'avait choisie, elle y obtenait une trève à ses souffrances; chaque instant dont se prolongeait son sommeil, était un pas vers la santé; en un mot, c'était pour elle que je souffrais; le plus grand supplice serait devenu une volupté; et, eût-il été possible qu'il restât supplice, combien j'en aurais été payé, lorsque Joséphine s'éveilla! lorsqu'elle porta sur moi ce demi-regard si tendre! lorsque d'une voix que des accens faibles et traînans rendaient si touchante, elle me dit : -- « Bon Saint-» Alme, ne vous ai-je pas bien » fatigué? -- Ah! Joséphine! L'ami » qui vous sert, peut-il connaître » autre chose que des jouissances? »

. . . .

. . . . Enfin les progrès vers le mieux ont été suivis et rapides. Actuellement, sauf l'état qui doit suivre un pareil ébranlement, elle est bien, même aux yeux de Saint-Alme ; c'est en dire assez ; et tu peux juger à quel point ce bien est sûr et constaté, puisqu'à sa priere, j'ai consenti à la quitter, à venir chez moi dormir quelques heures...... Je sens à présent le besoin que j'ai de repos. La vigueur factice que me donnait l'inquiétude, a disparu avec elle...... Cette lettre en est le dernier effort. Adieu.

SAINT-ALME.

LETTRE XLI.

Du Château de Valcerné,

Le 5 Juin 1775.

En est-il donc de même de la convalescence de toutes les femmes que l'on chérit? Cet état leur prête-t-il à toutes le même charme? Pour Joséphine, il n'y a point de termes qui puissent te dire le nouvel effet qu'elle produit sur moi.

Cette pâleur intéressante, le bleu de ces veines dont on suit les ramifications sous une peau devenue plus transparente ; ces roses que je vois renaître successivement sur ses joues, et s'y mêler aux lys qui avaient usurpé leur place ; cette voix déjà si douce, que sa faiblesse rend plus douce encore ; cet œil battu, mais serein, dont s'échappe un regard caressant qui semble me dire : -- « La » santé que je retrouve, c'est à vos » soins que je la dois ; la nouvelle » existence dont je jouis, c'est votre » ouvrage ».

Et, la première fois qu'elle est sortie, qu'elle a revu la campagne, avec quelle expression, ce regard, après voir lentement parcouru les objets, s'est arrêté sur moi, comme si elle m'eut dit : -- « Ce superbe

» spectacle, sans vous, sans vos
» tendres soins, je n'en aurais plus
» joui. ».

Elle était alors appuyée sur mon bras, et forcée de s'y abandonner sans réserve, par le besoin d'assurer sa marche chancelante : et c'était sur mon bras gauche qu'elle s'appuyait ! Et la pression du sien ; je la sentais sur mon cœur, dont, sans doute aussi, elle sentait la chaleur et les battemens.

Je te l'ai dit, mon ami, tout cela a, par soi-même, un effet qu'aucune expression ne peut rendre ; mais pense donc combien il s'accroît encore par le rapprochement de la situation actuelle avec celle qui l'a précédée ; pense qu'elle prix ajoute à tant de jouissances le souvenir du danger encore si récent ; avec quelle volupté l'ame se dilate après avoir été si cruellement étreinte. Sans cesse je retourne à cette funeste époque, je me reporte à ce moment terrible, où j'ai cru tout fini pour moi. Oh ! comme alors je suis tenté de l'enlacer dans mes bras, pour m'assurer que c'est bien elle ! pour l'environner de mon être, si de nouveaux maux voulaient encore l'assaillir !

Et, le croiras-tu, mon ami, de moi sur-tout ? des sensations si multipliées, si pénétrantes, sont dégagées des desirs tumultueux et brûlans, qui ont accompagné celles que j'ai connues jusqu'à ce jour. Cet attrait indéfinissable qu'elle doit à son état, ces charmes si séduisans dont je suis pas à pas le retour, tout cela m'enivre, me tient dans un ravissement perpétuel, mais sans allumer mon sang. Elle m'est, pour ainsi dire, devenue sacrée. Je suis tenté de croire qu'à cet insant fatal où son existence a été suspendue, son ame était déjà dans les demeures célestes, qu'elle en a rapporté un rayon de la divinité. Ce qu'il y a de sûr, c'est qu'au lieu de cette fièvre d'amour qui me consumait, je n'éprouve plus que le besoin de l'adorer.

Oui, je veux désormais lui rendre un culte religieux, ne voir en elle qu'un être trop supérieur, pour que mes desirs osent en approcher. Alors je savourerai les délices de l'amour, sans être en proie à ses fureurs, et la félicité la plus pure sera le partage de ton ami,

SAINT-ALME.

LETTRE XLII.

Du Château de Valcerné,

Le 8 Juin 1775.

LE silence que j'ai gardé sur le Comte de Valcerné dans mes deux dernières lettres, a dû te faire penser qu'il était absent. Il était effectivement parti avant l'événement fatal, et n'est de retour que depuis quelques heures.

T'avouerai-je la révolution qui s'est faite en moi, en le voyant? Mon Dieu! Quel étrange être je suis!

ou, s'il en est de même des autres, à quoi tiennent donc les principes, les vertus ? Oui, Dorval, à la vue du Comte, j'ai senti que s'il eût été là au moment où l'enfant est mort, l'idée que cet enfant était son fils, aurait tout absorbé, et que, sans doute, mon cœur se serait fermé à ce retour de sensibilité qui m'a fait tant de bien..... Et cependant si tu savais comme il s'est élancé dans mes bras ! combien il m'a remercié des soins que j'ai eus de Joséphine ! à quel point il s'est montré touché de la part que j'a prise à la perte.... Il ajoutait, *de son fils*..... Et mon cœur, déchiré par cette expression, éprouvait de nouveau ces soulèvemens criminels, dont je m'applaudissais tant d'être délivré; et loin de partager la douleur du Comte.....

Homme respectable, si je paye d'un aussi indigne retour ta confiance, tes bienfaits, ton amitié, mes remords te vengent assez. Il n'y a plus de repos pour moi en ta présence. J'y suis comme le coupable qui paraît devant son juge. Il me semble que chacun de tes regards va pénétrer jusques dans mon ame, en découvrir la noirceur..... Ah! tu y verrais, avec mes torts, mes efforts pour redevenir entièrement et sans retour, ce que je suis réellement. Tu y verrais les pénibles combats que je me livre sans cesse;

et tu me plaindrais, j'en suis sûr.

Que ne ressembles-tu à M. de Volmar! Il y a long-tems que je serais tombé à tes pieds, que je t'aurais dit la vérité. Cette démarche, que mille et mille fois j'ai été sur le point de faire, en extirpant le premier crime, celui de te tromper, m'aurait conservé ma pureté première. Ta sagesse aurait tempéré ma fougueuse imagination. Cette passion impétueuse, qui sans cesse me transporte hors de moi, se serait réglée, dès qu'elle t'aurait eu pour témoin; et mon amour devenu plus pur, sans rien perdre de sa force, n'aurait plus fait que mon bonheur.

Mais il s'en faut bien que, sur ce point, le Comte soit un M. de Volmar, et qu'il soit capable de se conduire avec moi, comme celui-ci avec Saint-Preux. Au contraire, chaque fois que la conversation a pu en fournir l'occasion, j'ai dû remarquer qu'il a le plus grand penchant à la jalousie. Les idées qu'il a sur mon compte, le tiennent loin de la vérité [1]. La loyauté qui fait le fond de son caractère, ferme l'accès aux soupçons...... Mais, si une fois il en avait un, quelque léger qu'il pût être, tout serait

[1] Voyez l'extrait réuni des lettres 30, 31, 32, 33, 34, page 41.

perdu. Dans cette seule circonstance, même sans se croire déshonoré, même sans avoir d'autre idée que celle d'un sentiment payé du plus léger retour, il connaîtrait l'emportement, la fureur, la vengeance..... La vengeance! Vois, mon ami, à quelles funestes suites cela pourrait conduire.

Il faut donc m'imposer à jamais un silence absolu! Il faut donc, afin d'éviter de plus grands maux, continuer d'être faux, dissimulé! de trahir l'hospitalité, la bienfaisance, l'amitié!.....

Ah! Dorval! Dorval! A quelle alternative est réduit ton malheureux ami,

SAINT-ALME.

LETTRE XLIII.

Du Château de Valcerné,

Le 12 Juin 1775.

JE savais bien que le retour du Comte me rendrait à mes anciens tourmens. Est-il donc possible de voir, sans horreur, le rival heureux qui s'empare de vos jouissances, et qui le peut impunément, d'après les droits cruels que lui donne l'abus des conventions sociales ?

A peine arrivé, ses soins ont remplacé les miens. A présent c'est lui qui soutient la marche encore mal assurée de Joséphine ; c'est sur son bras qu'elle s'appuie ; c'est lui qui, le matin, recueille son premier regard ; qui, le soir, emporte le dernier. Sans cesse auprès d'elle, c'est lui qui veille à satisfaire, à prévenir ses desirs. Et moi ! moi ! je ne suis plus que secondaire ! ou plutôt, je ne suis plus rien : il n'est pas de second rang en amour.

Ce nouveau charme que donne à Joséphine son état de convalescence, agit sur lui comme sur moi ; et, si tu voyais combien ses soins en sont devenus plus affectueux ! Ses caresses plus tendres !... Jusqu'à présent, il avait eu cette réserve que la bonne éducation prescrit aux époux devant les étrangers ; mais la circonstance l'en affranchit. L'expression de l'effroi que lui cause encore l'idée du malheur dont il a été menacé, l'épanchement de sa joie, tout le conduit, l'autorise à parler sans cesse *de sa tendresse pour une épouse chérie*. Et je suis là ! Et j'entens ces paroles déchirantes ! Et je verrais, sans éprouver des accès de rage, le bonheur de mon rival !.....

Mon ami ! Dans l'état affreux où je suis, le vœu le moins funeste que je puisse former, c'est que le Ciel me délivre du fardeau de la vie. Le porter plus long-tems ainsi est impossible à

SAINT-ALME.

LETTRE XLIV.

Du Château de Valcerné,

Le 14 Juin 1774.

LE cruel a-t-il donc juré de me faire connaître tous les degrés du désespoir ? Croiras-tu que devant moi il ait osé donner à Joséphine, pour motif de consolation, l'espérance de réparer la perte qu'elle vient de faire ? Lui ! la réparer.... Si jamais !.... Je l'ai dit à Joséphine ; il n'y aura plus alors de principes qui tiennent, plus rien qui m'arrête, plus de bornes à la fureur d'un malheureux dont l'excès des souffrances aura égaré la raison.

Le soir du même jour.

Il m'abreuve sans cesse de poisons. Il dévoue aux supplices les plus inendurables chaque instant de ma vie ; et je craindrais d'appeler sur lui tous les maux !..... Non ; plus rien n'est capable de balancer l'état où il me réduit. Principes, devoir, je veux tout oublier. Je ne veux voir en lui que mon rival, que l'époux de mon amante..... Ah ! si jamais son exécrable espoir se réalisait !..... Ce serait le dernier terme des tourmens qu'il me fût possible d'endurer. Je ne sais de quoi je puis devenir capable ; mais je sens que sortir de la vie serait alors ce que je devrais souhaiter.

Hélas ! il sera bien peu de chose, l'intervalle qui me restera à franchir. Le vague de mes idées, des vertiges fréquens, mille choses que j'éprouve, m'avertissent que, quand la mort se rendra à mes vœux, elle ne trouvera plus qu'une faible partie de moi-même.

Ah ! puisse-t-elle ne pas tarder long-tems, cette mort que j'appelle ! Elle est l'unique refuge de ton malheureux ami,

SAINT-ALME.

LETTRE XLV.

Du Château de Valcerné,

Le 16 Juin 1775.

CHAQUE jour, ma tête se perd davantage : mes facultés s'affaiblissent : ma raison s'altère. Je ne me plais que dans les ténèbres, dans les lieux les plus déserts. Je passe les nuits à errer autour du château, dont je veux toujours m'éloigner, et près duquel une force irrésitible me ramène toujours.

Dans ces courses, les plus noires

idées me poursuivent. Souvent des accès de désespoir..... Déjà, plus d'une fois, j'ai calculé la profondeur du torrent. La mort n'y serait pas assez sûre. Un pistolet..... non; il y a des exemples que l'on y a survécu..... Au nombre des raretés que j'ai données au Comte, se trouve une arme de sauvages. La pointe en est empoisonnée: l'effet en est infaillible..... Hier encore, dans un accès, j'ai couru à la bibliothèque : je l'ai tenue, cette arme...... La religion a suspendu le coup..... Espérons qu'elle le suspendra toujours. Je sais trop combien, quelque malheureux que l'on soit, on se rend coupable envers l'Être suprême, en détruisant son ouvrage ; et, tant qu'il me restera une lueur de raison, elle suffira pour préserver de ce crime l'infortuné . . . . .

SAINT-ALME.

SAINT-ALME est, pendant près d'un mois, absent du château, errant dans la montagne, préférant les lieux les moins praticables, passant les nuits, tantôt dans la première cabanne, tantôt au milieu des bois, par-tout où il se trouve.

Il est parti sans rien dire. Il garde au retour le même silence, et reparaît sans plus s'inquiéter d'expliquer son absence, que si elle avait eu seulement la durée d'une promenade ordinaire.

Heureusement le Comte n'était pas au château, ni au tems de son départ, ni au moment de son retour. Du reste, on parut présumer qu'il était allé prendre des vues éloignées. Ce n'est pas que le Comte ne se fût apperçu de ses inconhérences : il pensait même que sa tête était affectée ; mais il mettait le tout sur le compte de l'excessive douleur que Saint-Alme conservait de la perfidie de Sophie, et qu'il supposait que le tems ne faisait qu'accroître. Il le plaignait, et s'en attachait davantage à lui.

Au milieu de ses courses, Saint-Alme a écrit à son ami quelques fragmens; mais c'était avec du crayon : les caractères étaient si effacés, si indéchiffrables, le peu qui pouvait se lire, était d'un style si désordonné, qu'il a fallu en faire le sacrifice.

On n'aurait eu que des mots, ou des portions de phrases sans suite et sans liaison.

LETTRE XLVI.

Du Château de Valcerné,

Le 12 Juillet 1775.

EH ! mon Dieu ! mon ami ! tu ne me dis rien, tu ne peux rien me dire que je ne me sois mille fois répété. Je sais que mon existence n'est pas à moi, que je ne puis, sans le plus grand crime, en disposer avant le terme arrêté par l'Être de qui je la tiens. Je ne le commettrai pas, ce crime, tant qu'il me restera la plus faible étincelle de de raison. Tout changé que je suis, le germe de la vertu est toujours dans mon cœur. Il y sera aussi long-tems que je pourrai me connaître..... Hélas ! qui sait combien de tems encore....? O mon ami ! Quel homme fut jamais plus digne de pitié que

SAINT-ALME.

LETTRE XLVII.

Du Château de Valcerné,

Le 15 Juillet 1775.

IL manquait ce dernier coup pour qu'il ne fût plus possible d'ajouter à mes tourmens.

Cette nuit, ne pouvant obtenir une seule minute de sommeil, poursuivi par une foule d'idées sinistres, agité, déchiré en tous sens par toutes les passions imaginables, cherchant, dans un mouvement continuel, le moyen d'échapper à moi-même, j'errais, malgré l'obscurité, dans les détours du château. Une lumière attire mon attention. Je m'approche. C'était le Comte, sortant de l'appartement de sa femme..... Si ce n'a pas été le dernier moment de sa vie, c'est l'excès même de ma fureur, qui l'a sauvé, en m'atterrant comme si j'eusse été frappé de la foudre.

Depuis ce moment horrible, l'enfer entier est dans mon sein; des pointes acérées le déchirent; ces tourmens épouvantables, que la vengeance céleste divise en des siècles d'éternité pour la punition des crimes, ils sont tous, en même tems, accumulés sur moi.

Oh ! pourquoi, pourquoi m'est-il défendu de mourir ?

Deux heures après.

LE Comte vient de partir. Il ne doit revenir que dans six semaines. Cela me rend un peu de calme.

Un instant après.

NON, cette absence ne diminue pas mes tourmens. Au contraire.... Des projets criminels... Joséphine... Ce n'est plus Joséphine ; c'est la femme de mon rival..... Qui sait si elle est en sûreté ?..... Que dis-je ? Ah ! périr plutôt mille fois ! Mourir ne vaut-il pas mieux que d'exister ainsi à la manière des furies ?

Une heure après.

Le sort en est irrévocablement jetté. . . . . Quand tu liras ceci, Saint-Alme se sera refugié dans la tombe.

Adieu pour la dernière fois.

SAINT-ALME.

LETTRE XLVIII.

Du Château de Valcerné,

Le 23 Juillet 1775.

L'ARME n'était sans doute pas empoisonnée, ainsi que je le croyais. Elle a heureusement trompé mon attente; et, quand je paraîtrai devant l'Être suprême, au moins ne serai-je pas chargé d'un crime.

Après ma *dernière* lettre, je suis descendu chez Joséphine. Je voulais la voir encore avant de quitter la vie. Sans articuler un seul mot, je me suis prosterné à ses pieds, que j'ai baignés de deux torrens de larmes. D'abord interdite, elle gardait le silence. Du bruit qu'elle a entendu, le lui a fait rompre.

-- « Au nom de Dieu, Saint-
» Alme, relevez-vous : quelqu'un
» s'approche. -- Actuellement tout
» devient égal. Je ne quitte pas
» cette posture, que vous ne m'ayez
» pardonné mes nombreux outrages.
» -- Que voulez-vous dire ? -- Je
» vous en conjure, ne repoussez
» pas mon repentir ; il est sincère ;
» et j'ai besoin de pardon : j'en ai
» besoin tout de suite. -- Eh, bien !
» Saint-Alme, je vous pardonne.
» -- En me donnan autrefois u

» semblable preuve de clémence,
» vous daignâtes la sceller par un
» baiser fraternel. Soyez aussi bonne
» aujourd'hui. Ce sera le dernier
» que l'infortuné Saint-Alme vous
» demandera jamais ».

Si je l'eusse obtenu, ce baiser, sûrement je n'aurais plus voulu mourir : mais le bruit que nous avions entendu, s'était approché. On ouvre la porte d'une pièce précédente Joséphine me quitte brusquement.

Alors, je ne me connais plus. La chambre communique par l'autre côté à la bibliothéque. C'est là que je trouverai l'arme empoisonnée. J'y cours. Le coup est porté. Je tombe.....................

. . . .
Je me trouve sur mon lit, entre les mains du chirurgien qui pense ma blessure, aidé de la fidelle Marianne. Joséphine était derrière mon rideau, attendant que le chirurgien prononçât. Je le sçus par une exclamation qui lui échappa, en apprenant qu'il n'y avait pas de danger.

Cependant il s'était fait en moi une révolution incroyable. Tranquille, comme si jamais je n'avais connu que des passions douces. -- » Eh! quoi! Madame, » lui dis-je, » vous daignez prendre tant d'in- » térêt . . . . ! -- Je le dois à » l'ami de M. de Valcerné. Je dois

» à nous tous d'ensevelir cet événe-
» ment dans le plus profond secret.
» Monsieur paraîtra vous traiter
» pour une chûte. Vous connaissez
» sa discrétion ; celle de Marianne,
» vous le savez, est aussi sûre.
» Vous seul me faites trembler.--
» Femme respectable, ne craignez
» plus rien ; et, dès ce jour, comp-
» tez irrévocablement sur ma vé-
» nération, sur une soumission
» aveugle ».

J'ai tenu parole sans varier un seul instant. Le passé est aussi anéanti pour moi, que si jamais il n'avait existé. Ce n'est plus une amante que je vois dans Joséphine, c'est une amie, une tendre sœur.

Elle faisait le tourment de ma vie ; elle en fait à présent les délices : et la vertu, en reprenant ses droits sur mon cœur, a rendu le bonheur et la paix à ton ami

SAINT-ALME.

LETTRE XLIX.

Du Château de Valcerné,

Le 30 Juillet 1775.

LE comte revient incessamment. En apprenant cette nouvelle, je n'ai pu me défendre, ni d'éprouver, ni de manifester une certaine impression. Elle n'a point échappé à Joséphine. -- « Mon ami, » m'a-t-elle dit, « votre guérison n'est » pas encore parfaite. Vous m'a» vez promis une obéissance » aveugle. Il faut que vous m'ac» cordiez

» cordiez une grace. -- Vous savez,
» ma respectable amie, que vos
» desirs sont des loix pour Saint-
» Alme. -- Eh, bien! je crois qu'une
» absence serait essentielle à notre
» tranquillité . . . . » J'allais parler.
-- « Saint-Alme, souvenez-vous de
» vos sermens. Je puis d'ailleurs
» vous donner le moyen de ne vous
» éloigner de moi que pour vous
» en occuper, et me rendre ser-
» vice . . . . . . Lorsque mon père
» fut obligé de fuir, ce fut en
» Hollande qu'il se réfugia. Il y
» porta sa fortune qui était en
» papier, et la plaça sur un négo-
» ciant qui, depuis, est mort en
» faillite : mais son fils a rétabli

» ses affaires. M. de Valcerné en
» a reçu la nouvelle, et m'en fait
» part. On lui mande aussi que le
» fils est un fort honnête homme,
» qui ne demande pas mieux que
» d'acquitter les dettes de son père.
» Il ne s'agit que d'avoir une per-
» sonne sûre, qui puisse faire ce
» voyage. Jugez quels nouveaux
» droits en acceptant cette mis-
» sion . . . . . Ce n'est pas lui qui
» vous la propose : ce n'aura pas
» été moi non plus : mais j'en ai
» parlé devant vous. Aussi-tôt vous
» vous êtes offert avec le zèle pres-
» sant de l'amitié. Je pouvais vous
» remettre les papiers. Vous n'avez
» pas voulu perdre un seul ins-

» tant .... Combien il sera doux
» le plaisir que vous goûterez à
» obliger M. de Valcerué ! à réparer
» ainsi, au moins autant qu'il sera
» en vous, les torts secrets que vous
» pouvez avoir avec lui ! Enfin,
» j'espère que, pendant cette ab-
» sence, vous acheverez de vous
» mettre irrévocablement à l'abri
» des rechûtes, et que vous revien-
» drez parfaitement guéri. Je l'es-
» père d'autant plus, que vous au-
» rez pû voir Dorval...... Je
» n'ai pas besoin de vous engager
» à lui consacrer quelques jours;
» et sûrement la vue de ce digne
» ami, la sagesse de ses conseils
» qui, donnés par lui-même, au-

» ront beaucoup plus d'onction que
» par écrit, ne contribueront pas
» peu à finir de vous rendre à vous-
» même entièrement et sans re-
» tour. »

» Du reste, vous le voyez, le
» motif de votre voyage vous auto-
» rise à une correspondance suivie
» avec M. de Valcerné ; ainsi vous
» aurez fréquemment de mes nou-
» velles, et moi des vôtres. »

J'ai voulu faire des observations. Elle a refusé d'entendre les unes, elle a combattu les autres...... Que te dirai-je ? il m'a fallu finir par céder au charme impérieux de la vertu et de la beauté réunies.

C'est demain que je pars. Le

bonheur de revoir mon ami, de l'embrasser, de lui consacrer les premiers momens que je passerai loin de Joséphine, me dédommageront autant qu'il est possible, du cruel sacrifice qu'elle exige de moi.

Adieu. Dans peu, je goûterai la douceur de te dire moi-même combien tu es chéri de

SAINT-ALME.

JOSÉPHINE s'est bien gardée de dire à Saint-Alme le motif qui rendait le plus son absence indispensable. Le voici.

La veille du départ du Comte, il avait eu à dîner quelques gentils-

hommes du voisinage. De leur nombre, était celui devant lequel Saint-Alme s'était si imprudemment conduit (Voyez la lettre 35).

Cet homme, ayant trouvé la chambre du Comte ouverte, s'y était glissé avec des précautions qui annonçaient quelque chose d'extraordinaire ; par bonheur, la fidelle Marianne l'avait vu, sans en être apperçue.

Dès qu'il avait été sorti, elle s'était empressée de rechercher le motif de cette marche furtive, et elle avait trouvé sur le bureau du Comte, un billet (sans signature, écriture contrefaite) dont l'objet était de donner à celui-ci des soupçons sur sa femme et sur Saint-Alme.

Marianne s'était emparée du billet, et l'avait remis à sa maîtresse, qui, de cet instant, sentit la nécessité d'éloigner Saint-Alme. L'événement qui eut lieu le lendemain, la maladie qui en avait été la suite, et, depuis, la crainte des partis violens que son caractère fougueux pourrait lui suggérer, l'avaient fait différer jusqu'au moment où la circonstance, racontée dans la lettre que l'on vient de lire, lui présenta le moyen dont on a vu qu'elle a si heureusement profité.

Quand Saint-Alme fut parti, elle fit appeler le Gentilhomme. — « Monsieur, » lui dit-elle, en

lui rendant son billet, « vous n'avez
» sûrement pas pensé à tout le mal
» qu'il pouvait faire. En y réflé-
» chissant, vous en serez effrayé,
» et sûrement vous ne risquerez
» pas deux fois une démarche aussi
„ coupable „.

Le Gentilhomme lui demanda pardon. &c. &c. &c.

LETTRE L.

De la Ville,

Le 2 Août 1775.

QUELS adieux ! quelle affreuse soirée ! quelle horrible nuit ! quel courage il m'a fallu pour tenir ma parole !

Je l'ai tenue cependant. J'ai même porté l'obéissance jusqu'à partir assez matin........ jusqu'à ne pas la revoir. Elle l'avait exigé. Elle avait eu raison. S'il m'eût fallu subir une seconde fois l'épreuve de la veille, c'en était fait : je ne partais plus. Elle-même, je doute qu'elle eût eu une seconde fois la même force........ Je ne l'ai donc pas revue ! et je suis parti ! ou plutôt ce n'est pas moi ; j'ai laissé aller à son gré le mulet qui me portait.

Je le conduisais si peu, qu'après avoir marché pendant quelques heures, je me suis trouvé sur le revers d'une montagne, en face du château, et tout au plus à une demi-lieue de distance. Cette vue m'a tiré de ma rêverie, et a si fortement serré mon cœur, que pas une idée distincte ne s'est présentée à moi. Je ne sais même pas si j'ai eu la seule que je dusse avoir, celle de retourner à Valcerné. Je regardais, et je pleurais ; voilà tout. Et je pleurais machinalement, de même que l'on respire. En un mot, je devais être une image parfaite de la stupeur absolue.

Après avoir passé dans cet état une durée de tems que j'ignore, il s'est trouvé, sans que je puisse dire ni pourquoi, ni comment, il s'est trouvé, dis-je, que je me suis éloigné de cet endroit, que j'ai erré encore pendant quelques heures..... Je ne crois pas avoir repris les mêmes routes. Cependant je suis revenu précisément au même point, et cela, trois fois de suite, ou quatre, (je ne m'en souviens pas (sans que j'en aie eu l'intentoin, sans que je puisse, même à présent, me douter comment cela s'est fait; je ne conduisais aucunement mon mulet, je le crois du moins. Je n'ai pas vu que je repassasse par les mêmes chemins..... Mon ami, c'était une puissance secrette, une force irrésistible, cette simpathie que l'on traite de chimère.

La dernière fois, le jour baissait. Mon état de stupeur commençait à être un peu moins profond. J'étais capable de quelques idées. Je pris le parti de ne pas m'engager de nouveau dans des bois où je m'étais déjà tant égaré. J'attachai mon mulet

à

à un arbre, autour duquel il avait de quoi paître pendant la nuit.

Il faisait déjà obscur..... Une lumière paraît au château. Je crois distinguer que c'est dans la chambre de Joséphine..... Je pars avec la rapidité de l'éclair..... Si, comme lui, je n'avais eu que l'air à traverser, j'aurais encore été plus rapide que lui. Il *zig zague* dans l'espace; et, moi, j'aurais suivi la ligne la plus droite.

Ce fut ce que je fis autant qu'il m'était possible; mais les buissons, les fossés, les ruisseaux, les ravins, les escarpemens, l'obscurité, des millions d'obstacles..... J'étais furieux. Je m'emportais contre tout, je maudissais tout..... Enfin j'arrive, dirigé par la lumière..... Je ne m'étais pas trompé ; c'était la chambre de Joséphine..... " Peut-être „ en ce moment est-elle occupée „ de moi. La fenêtre n'est pas „ élevée. Je pourrais, sans être „ vu..... „

Déjà je suis tout près..... On emporte la lumière, et avec elle, mon espoir..... Et tout-à-coup, je me trouve comme plongé dans une eau glacée. Mes projets s'évanouissent. Je sens l'imprudence de ma démarche. Je me rappelle les ordres de Joséphine..... Que te dirai-je ? Une terreur subite s'empare de moi. Je m'arrête à la place où je suis. Long-tems j'y reste immobile. Je finis par oser m'approcher jusqu'au pied de la muraille. Je demeurai encore là un certain tems. Enfin, vers le milieu de la nuit, je m'établis sur l'appui extérieur de la fenêtre.

De-là, malgré l'interposition des volets, des rideaux, je l'entendais respirer..... Par bonheur, il ne faisait pas une haleine de vent. La mienne.... elle était suspendue.

Cependant le jour commence à poindre. Si on m'appercevait, que de conjectures..... Il faut fuir..... Je veux auparavant lui faire un dernier adieu.... Mais comment, sans la compromettre ?..... L'amour m'en donne le moyen. Quelques traits de crayon qui me représentent sur l'appui de la fenêtre..... Le feuillet de mes tablettes, qui contient cette esquisse, peut se placer de manière qu'il sera apperçu en ouvrant les volets..... C'est elle-même qui les ouvre, ou Marianne ; jamais aucun autre..... Ainsi, elle saura que l'amour m'a ramené jusques-là ; mais qu'un respect religieux pour ses ordres, m'a empêché de rien entreprendre qui pût ni lui déplaire, ni l'exposer aux interprétations.

La certitude du compte qu'elle me tiendra d'un pareil sacrifice, me donne le courage de l'achever.

Je m'éloigne, fier de mes efforts, recueillant dans mon imagination le prix que me payera sa reconnaissance..... J'arrive ainsi, plein de courage, à l'endroit d'où j'étais parti la veille.

C'était, je n'y avais pas pris garde, à quelques pas d'un hameau. Je prens un guide. Enfin j'achève ma route..... Et demain !.... Hélas ! demain ! A pareille heure, il y aura déjà un intervalle immense.....
Adieu.

SAINT-ALME.

LETTRE LI.

De Bruxelles,

Le 15 Août 1775.

TU as justifié la confiance de Joséphine, mon cher ami. Je sors d'avec toi plus tranquille, plus maître de moi. Jamais je ne me suis senti si près de ma guérison. Doux effet de la véritable amitié! Et qui peut résister à la voix d'un ami? Quelle passion pourrait tenir contre cette insinuante persuasion qui d'écoule de ses lèvres? Quelle effervescence ne calmerait-il pas ? Non, rien ne lui est impossible, je l'éprouve ; et c'est qu'ils n'ont jamais eu de véritable amis, ceux qui ne concevraient pas un charme si puissant. Qu'ils soient assez heureux pour rencontrer un second Dorval, ils ne douteront plus.

Jusques-là, ils sont excusables, puisque, moi-même, je n'aurais pas cru à un effet aussi prompt, aussi entier..... Quand je dis entier, l'expression, pour le moment, n'est pas scrupuleusement exacte : mais elle le deviendra bientôt, je l'espère. Dailleurs, dussé-je rester au point où je suis à présent, ce serait déja avoir beaucoup gagné sur ce caractère impétueux. Peut-être n'en dois-je pas souhaiter d'avantage. S'il n'y a plus à redouter ces emportemens, cette fougue qui m'ont tant fait souffrir, n'est-ce pas avoir assez obtenu ? Qu'en dis-tu, Dorval ?

Et pour cela, il est très-certain que j'en suis affranchi, sans crainte de rechûte. Oui, tu peux désormais être rassuré sur ce point, Joséphine aussi. Quand je retournerai près d'elle, j'aurai la même tendresse, elle durera autant que ma vie, mais tellement modifiée, que jamais je ne mériterai même l'ombre d'un reproche. Ainsi, le sentiment que je reporterai à ses pieds deviendra la source de jouissances pures, qui ne pourront plus être troublées; et ce bonheur, nous t'en devrons la plus grande partie, mon cher Dorval.

Faut-il, après cela, te répéter combien tu es cher à

SAINT-ALME.

LETTRE LII.

D'Amsterdam,

Le 17 Août 1775.

SOIS content de moi, mon cher ami ; je deviens d'une raison ! mais d'une raison, qui me donne des droits fondés à ton approbation. J'aurais voulu que tu eusses vu la lettre que j'ai écrite au Comte de Valcerné. Je regrette bien que l'idée de t'en envoyer copie ne me vienne qu'à présent. Sûrement tu aurais admiré le calme du style, sur-tout, la réserve que j'ai mise dans ce qui a rapport à Joséphine. J'y paye à cette femme adorable le tribut d'admiration qui lui est dû, mais sans exaltation....

Il est vrai qu'il m'a fallu raturer, déchirer, recommencer plus d'une fois, avant d'en venir à attiédir mes expressions au point que tes conseils m'ont prcscrit. Que veux-tu? On ne remporte pas du premier coup une victoire aussi difficile. Peut-être avec le tems, et toi sur-tout, mon cher ami, m'en coutera-t-il moins. C'est déjà beaucoup d'en être où j'en suis. Véritablement tu dois être content de

SAINT-ALME.

LETTRE LIII.

D'Amsterdam,

Le 20 Août 1775.

LORSQUE tu me demandes, mon cher ami, une description de la Hollande, des mœurs, des usages, etc. etc., ce n'est sûrement pas que tu sois de ces gens qui croyent que l'on connait un pays, en y mettant les pieds. Aussi ne me trompé-je pas à ton motif : tu veux me forcer à des distractions qui m'entretiennent dans l'état de raison

raison où tu m'as amené. Eh, bien! je me prête à cette ruse de l'amitié, et je te ferai part de mes *profondes* observations.

Voici mon premier numéro.

Une propreté excessive, ridicule même au premier coup-d'œil, et d'autant plus ridicule, qu'on l'entretient à force d'eau, dans un pays où le plus grand ennemi naturel es l'humidité de l'atmosphère ; mais on m'a fort bien observé que cette humidité couvre tout d'une viscosité très-tenace, qui engendrerait corruption, pourriture, etc., tandis que des lavages à l'eau pure emportent cette viscosité, et ne laissent aucune trace après leur évaporation.

Un air d'aisance universelle et d'égalité. Celle dans le costume est frappante. Un habit de drap bleu, veste, culotte et bas noirs; voilà le vêtement de l'artisan comme du bourgmestre. Il paraît qu'il en est de même dans le commerce de la vie, et que l'on ne connaît guère ici ces ridicules formules qu'ont introduit ailleurs la vanité des uns et la bassesse des autres.

Aussi, au lieu de la politesse dans les manières, ils ont cette honnêteté franche, qui a les formes un peu agrestes, mais dont les effets sont sûrs.

Point de luxe d'ostentation; mais celui de commodité, répandu dans les moindres classes. De-là, ces aisances réelles, dont souvent nos riches se privent pour donner davantage à l'éclat : point d'artisan, si chétif soit-il, qui se les refuse. Tel est l'avantage des jouissances sans faste ; elle sont à la portée de tout le monde.

Une apparence d'innaction que l'on ne conçoit pas, en songeant à ce commerce immense, qui entraîne tant de détails, que l'on conçoit encore moins, en voyant les travaux publics, miraculeux dans leur création, même dans leur entretien, dont la moindre négligence entraînerait la submersion du pays. Il faut, pour résoudre ce problême, se persuader ce que peut une marche constante et invariable. Dans notre France, nous agissons beaucoup, et faisons peu ; c'est ici le contraire. Le piéton, qui, avant de partir, a bien calculé son chemin, qui ensuite va d'un pas toujours égal, quoique lent, se fatigue peu, et cependant atteint le but ; tandis que le coureur le plus agile, si, à chaque instant, il change de route, s'exténue de lassitude, et n'arrive jamais.

En voilà bien assez pour un premier numéro ; n'est-ce pas Dorval ? Je connais des gens qui t'auraient déjà décrit la Hollande, comme s'ils y avaient passé un demi-siècle ; mais tu sais trop combien je les trouve ridicules.....

A propos, ces gens-là auraient certainement commencé par te parler des femmes. C'est en effet par là que l'on doit commencer...... quand c'est le premier objet que l'on remarque ; et, n'en déplaise aux dames de Hollande, il en est une en France, qui m'occupe trop, pour que je fasse grande attention aux autres.

Au surplus, si tu veux le savoir, les femmes ici sont généralement grandes, beaucoup d'embonpoint, de l'éclat, quand on les voit à une certaine distance, parce qu'elles sont très-blanches ; mais perdant à être vues de près, parce que leurs traits n'ont point de caractère, leurs yeux point d'expression, et qu'en tout, elles manquent de phisionomie. Quant à leur moral, elles annoncent une extrême apathie.... Après cette qualité négative, ce qui resterait à décrire, ferait un tableau trop froid, pour que je sois tenté de l'entreprendre.

C'est donc tout de bon, cette fois, que j'en trouve assez, et que je finis. Adieu.

SAINT-ALME.

LETTRE LIV.

D'Amsterdam,

Le 22 Août 1775.

QU'ILS sont heureux, ces Hollandais, avec leur apathie! Ils ne connaissent pas le tumulte des passions. Leurs fibres, trop distendues par une atmosphère humide, ne peuvent avoir cette dangereuse irritabilité qui procure des jouissances bien vives, il est vrai, mais qui cause des peines plus vives encore et plus multipliées.

On n'a ici ni le bonheur, ni le malheur de connaître l'amour. Quelques degrés de préférence ; voilà ce qui en tient lieu. Point d'ivresse, point de délire. On s'aime en toute tranquillité, et l'on s'épouse comme on fait autre chose. Aussi est-ce une paix ! un calme !.... Cette existence négative peut avoir des douceurs ; il y a des momens où je la desirerais..... Dans la position où je suis, ayant éprouvé mille fois plus les dangers de la sensibilité que ses avantages, condamné à ne plus attendre de l'amour que des tourmens, que puis-je desirer de mieux que l'apathie hollandaise ?

Mais, je le sens, il faudrait que

les effets du climat et de l'exemple fussent puissans jusqu'au miracle, s'ils allaient jusqu'à éteindre le foyer que la nature a mis dans mon sein. La nécessité, la raison, un ami tel que toi, peuvent en modérer l'activité : mais la détruire! ...... Ah! Dorval! Il n'y a pas de moyen humain qui ait cette vertu; et, il ne faut pas te le dissimuler, tu serais dans l'erreur, si tu espérais au-delà de ce que tu as déja obtenu de ton ami,

SAINT-ALME.

LETTRE LV.

d'Amsterdam,

Le 24 Août 1775.

DE grace, Monsieur Wan Wetheuss, reconcez un peu, en ma faveur, à votre flegme, à votre formalisme. Votre père devait; vous consentez à payer; voilà le titre; vous le reconnaissez valable : finissons donc, je vous en conjure, et que je parte. Si vous saviez ce que je souffre ici !.....

Bon ! Est-ce que rien émeut ces gens-là ? Je ne sais si, pour fuir d'une maison en feu, leur marche acquerrait un seul degré d'accélération. Il y a des co-héritiers, des mineurs ; il faut ceci, il faut cela..... Conviens, Dorval, que ce qu'il faut le plus, c'est une merveilleuse patience.

La mienne commence à se lasser ; et, si le Wan Wetheuss ne finit pas bientôt, aura qui voudra, le courage de traiter avec l'immobile personnage : pour moi, je le laisse dormir au milieu de ses marais, et je m'en retourne. Rester long-tems aussi loin de Joséphine, est impossible à

SAINT-ALME.

LETTRE LVI.

D'Amsterdam,

Le 26 Août 1775.

NOUS nous sommes tous trompés, Dorval, en croyant que plus je m'éloignerais, plus sûrement j'obtiendrais mon entière guérison. Quelques lieues m'auraient également séparé d'elle ; mais je ne l'aurais pas perdue de vue. J'aurais eu la certitude de savoir, presque sans retard, tout ce qui lui serait arrivé, et j'aurais, parconséquent, vécu dans une

une sécurité qui n'aurait pu être troublée que par des événemens réels.

A la distance où je suis, saurai-je jamais ce qu'est à son égard la minute qui s'écoule ? Voila un siècle que je l'ai quittée, et point encore de ses nouvelles. Et, quand j'en recevrai, même en les supposant telles que je puis les desirer, qui me répondra qu'elles seront encore vraies à l'instant où elles m'arriveront ?

Vois, toi-même, dans quelle agitation un pareil état d'incertitude doit tenir une imagination déjà si active, une sensibilité déjà si irritable. Et pense que c'est aussi une agitation sourde et continuelle, qui enflamme les bitûmes qu'un repos absolu laisserait froids au centre de la terre.

Je te le répète, Dorval; nous nous sommes trompés. Ce n'était pas là le moyen qui pouvait guérir entièrement ton ami,

SAINT-ALME.

FRAGMENS

D'UNE *Lettre écrite à Saint-Alme, par le Chirurgien de Valcerné.*

. . . .

LES symptômes de sa maladie....

. . . .

Le souvenir de ce qui s'est passé lors de votre événement, quelques mots qui viennent de lui échapper...

. . . .

Elle a, en suçant votre blessure, fait passer dans son sang le poison dont vous deviez périr. . . . .

. . . .

J'ignore comment combattre les effets d'un poison dont la nature m'est inconnue. Je vais employer....

. . . .

Je viens de me rappeler qu'un jour, en me montrant cette arme, vous me dites qu'il y avait un antidote infaillible. Si vous le connaissez.....

. . . .

LETTRE LVII,

A laquelle étoient joints les fragmens précédens.

D'Amsterdam,

Le 27 Août 1775.

TIENS, Dorval, lis ces fragmens. J'aurais dû t'envoyer le tout. J'y ai pensé trop tard; le reste est déchiré: mais tu peux, malgré cela...... Eh! mon Dieu! oui..... Je les vois encore..... Attens, attens que je leur parle..... A présent sois tranquille, sois sûr que tu auras tout..... J'ai dit au vent de te les porter..... Il ne soufle pas précisément dans la direction; mais, en louvoyant, on va presque à vent contraire...... Si on ne pouvait aller que l'ayant en poupe, qui est-ce qui arriverait?......

Ne manque donc pas de les attendre au passage..... Tu auras peut-être un peu de peine à les rassembler; car le plus grand ne contient pas un mot entier..... Mais, tu sais bien, adresse et

J'en ai grand besoin, moi, de patience........ Voilà cinq éternelles minutes que je serais parti. . . . Je devrais déjà être en France... C'est qu'il y a cette Flandre qu'il faut traverser auparavant ; mais c'est égal : on traverse ce pays-là comme un autre ; n'est-ce pas ?

A propos, ne t'effraye pas du sang que tu trouveras sur les fragmens ; c'est du mien. Dans le premier moment, j'ai eu un accès de désespoir. . . . . . Je me suis un peu déchiré la poitrine. . . . . . C'était un commencement de folie, et il y avait de quoi ; qu'en dis-tu ? Mais la raison a repris le dessus. Vous voulez tous que je sois raisonable. Eh, bien ! je le suis, et j'espère que tu n'auras plus à te plaindre de ton ami,

SAINT-ALME.

Il n'est pas besoin de faire remarquer qu'en écrivant cette lettre, sa tête était décidément perdue.

On a toujours ignoré comment il a fait la route.

Lorsqu'il arriva à Valcerné, il avait l'air si égaré, qu'il effraya tout le monde.

A chaque nouvelle personne qu'il voyait, il demandait où était Joséphine. On lui répondait constamment qu'elle était partie..... « Oui, oui, partie ; » répétait-il chaque fois ; « je sais bien comment elle est partie. Et moi » aussi je partirai ; et, quand je » serai arrivé où elle est, alors

» il n'y aura plus d'obstacles à
» notre bonheur ».

Qand il fut dans la chambre de Joséphine, il baisa religieusement le fauteuil dont elle se servait habituellement, la glace de sa toilette, son métier à broder, et brisa le tout; ne voulant pas, disait-il, que ce qui avait été à l'usage de Joséphine, fut à celui d'aucune autre.

Il en fit autant de la cage; mais après avoir pris avec précaution le bouvreuil, qu'il caressa beaucoup, et qu'ensuite il porta dans le bois, où il lui donna la volée, en lui disant que, n'étant plus sous l'empire de Joséphine, *il ne devait plus être que sous celui de la nature.*

Du reste, il ne reconnut personne ni à Valcerné, ni à Haute-Sise, où il alla le lendemain. Il n'y eut que Bâkis..... Dès qu'ils s'apperçurent, ils s'élancèrent dans les bras l'un de l'autre.... -- « Encore » Bâkis heureux, » dit celui-ci; » le brave ami revenu. -- Mon » cher ami, » lui dit Saint-Alme, avec une expression qui amena des larmes sur toutes les paupières, » nous sommes camarades à pré- » sent : il ne faut plus nous quitter. » -- Oh ! jamais quitter le brave » ami. -- Viens donc avec moi. » -- Ou veux-tu aller ? -- Par-

» tout. Puisqu'elle est partie, tous
» les lieux se ressemblent. »

En effet, il ne fit plus qu'errer à l'aventure, accompagné de Bâkis, qui ne le quittait pas plus que son ombre.

Dans une de ses courses, il rencontra le gentilhomme dont il est question dans la lettre 35 et dans la note, page 126. « Tu
» ressembles, » lui dit-il, « à un
» insolent qui, une fois, a eu
» l'audace d'embrasser Joséphine
» devant moi. Si tu ne fuis pas
» au plus vîte, si je te rencontre
» encore, songe à défendre ta
» vie. »

Bâkis, copiant l'air menaçant

de Saint-Alme, et s'avançant le bâton levé..... « Si n'obéir pas » au brave ami, Bâkis tuer tout » de suite ».

Le malheureux Bâkis, en prononçant ce peu de mots, tomba, et mourut subitement. Saint-Alme vit cet événement sans émotion. Après avoir regardé long-tems, les bras croisés sur la poitrine..... » Voilà, » dit-il, « ce que l'on » appelle partir. Et moi aussi je » partirai à mon tour. Bonsoir, » Bâkis; dis lui qu'elle ait patience; » je ne tarderai pas ».

De ce moment, il s'égara dans les montagnes, et on le perdit entièrement de vue.

Infortuné!

Infortuné ! tu ne sais pas à quelles recherches tu échappes ! Joséphine... Oui, ta Joséphine existe encore. On ne te trompait pas en te disant qu'elle était partie : elle n'était que cela. Ce n'est que dans ton imagination frappée qu'elle a cessé de vivre. Mais où te retrouver pour te le dire, et te ramener ? Qui sait le coin de terre que tu habites ?

Et cependant Joséphine. . . . . . Mais informons, avec méthode, le lecteur de ce qui la concerne.

Si cette arme de sauvages, avec laquelle Saint-Alme s'était blessé, avait été empoisonnée autrefois, le poison avait perdu sa force. (On en fit depuis l'expérience *sur des animaux). Parconséquent, la maladie de Joséphine ne venait pas d'avoir succé la blessure; et une crise aussi imprévue, que le mal était inconnu au chirurgien, la sauva dès le lendemain du jour où celui-ci avait écrit la fatale lettre. Il récrivit sur-le-champ; mais il était trop tard. Saint-Alme n'était plus en Hollande, quand cette seconde lettre y arriva.*

*Quelques jours après, Joséphine reçut la nouvelle que le Comte de Valcerné était arrêté à *** par une attaque d'appoplexie. Malgré l'état où elle se trouvait, et la distance, elle s'y rendit; mais elle n'arriva que pour le voir expirer.*

Je ne parle point de sa douleur. Quelque raison qu'une femme vertueuse ait de souhaiter sa liberté, elle n'en donne pas moins des larmes sincères à la mort de l'époux qu'elle estimait.

Le chirurgien, par une discrétion mal entendue, et pensant que sa seconde lettre à Saint-Alme aurait détruit l'effet de la première, effet que d'ailleurs il était loin de soupçonner, n'avait point dit à Joséphine qu'il eût écrit.

Ainsi, croyant Saint-Alme toujours en Hollande où elle lui adressa la nouvelle de l'événement qui la rendait à elle-même, elle ne se pressa pas de retourner à

Valcerné, et prit le tems d'arranger les affaires que la circonstance lui suscitait. Elles nécessitèrent tant de courses dans différens endroits, et mirent tant d'incertitude dans sa marche, qu'elle reçut fort tard les lettres qui lui furent écrites de Valcerné, pour lui faire part de ce qui s'y passait.

Avec quelque célérité qu'elle s'y rendit, lorsqu'elle arriva, Saint-Alme n'y était plus. Elle mit je ne sais combien de monde à sa poursuite; mais on parcourut en vain tous les endroits praticables. Les recherches n'aboutirent qu'à persuader à Joséphine que, s'il existait encore, il n'en était pas moins perdu pour elle.

Dès-lors, elle dévoua sa vie entière à la douleur. Son unique consolation, si toutefois ce pouvait en être une, était de passer la plus grande partie de ses journées dans la chambre de Saint-Alme, d'y couvrir de baisers et de larmes ses dessins, ses papiers, tout ce dont il avait pu s'occuper.

Qnelquefois, elle allàit dans un bois tenant au château, et qui avoit été leur promenade la plus habituelle; elle s'asseyait aux places qu'ils avaient occupées ensemble, y demeurait des heures entières, absorbée dans cette douleur muette et profonde, qui suspend notre existence.

Un jour..... Déjà elle comptait près d'une année de souffrances.... Un jour donc, elle était dans ce même bois.....

Mais la lettre suivante vaudra mieux qu'une froide narration.

LETTRE LVIII *et dernière.*

Du Château de Valcerné,

Le 18 Septembre 1776.

BONTÉ divine ! Quel changement subit ! quelle faveur inespérée ! Mon ami ! mon bon ami ! hâte-toi de sécher les larmes que, depuis si long-tems, tu répans sur mon sort. Ils sont passés, les jours de douleur et de démence. Je suis, en même tems, rendu à moi-méme, et le plus heureux des hommes.

Aujourd'hui, sur le déclin du jour, je me suis trouvé dans un petit bois qui tient au Château de Valcerné. Je n'en avais pas le moindre soupçon. Je ne me doutais même pas que je fusse dans ce pays qui autrefois m'était si familier. J'errais, suivant mon usage, sans suivre aucune route, lorsque j'apperçois, au pied d'un arbre, une femme..... L'appercevoir, reconnaître Joséphine, jetter un cri, être à ses pieds, l'enlacer dans mes bras, l'accabler de mes baisers, braver sa résistance. . . . . . Que te dirai-je? L'inutilité de cris, l'impétuosité de de mes sens, l'absence de ma raison...... Enfin, la violence usurpa les droits de l'amour, et aussi-tôt il se fit dans tout mon être une telle subversion !...... Tiens, mon ami, un homme qui passerait tout-à-coup des ténébres les plus épaisses à la clarté la plus vive, celui qui serait transporté subitement des gouffres de l'enfer dans les voûtes éthé-rées,...... eh, bien ! ils n'auraient encore qu'une faible idée de ce que j'éprouvai dans cet instant, qui me rendit, à-la-fois, au bonheur et à la raison.

Presqu'aussi rapidement, je sens combien j'ai été coupable. -- « Ah ! » pardonne, » m'écriai-je. en tombant prosterné aux pieds de Joséphine, « pardonne. C'est un insensé

qui t'a outragée. Le retour de sa
» raison l'éclaire sur son crime. Ah!
» daigne laisser tomber sur lui un
» regard de pitié ..... Mais que
» vois-je ? Que signifient ces mar-
» ques de deuil ? Seriez-vous libre ?
» Le ciel vous aurait-il rendu aux
» vœux de Saint-Alme ? -- Je puis
» à présent l'entendre, sans offenser
» personne. -- Puissances du ciel!
» Elle est à moi ! à moi pour la
» vie! Plus rien, plus rien au
» monde ne peut nous séparer!
» Grand dieu ! témoin de notre
» hymen, sois-le de nos sermens....
» Que ce transport ne t'effraye pas,
» ô ma Joséphine! c'est l'ivresse de
» l'amour : mais ce n'est plus l'em-

» portement de la folie. Mes sen-
» sations sont brûlantes ; elles le
» seront toujours auprès de toi :
» mais, sois en sûre, mes idées ne
» sont plus déréglées. L'état affreux
» duquel je sors, était l'ouvrage de
» l'infortune ; c'est sans retour qu'il
» a cessé au premier bonheur......
« Ne rougis pas, ô mon amante !
» c'est de ton époux que tu as
» couronné la tendresse..... »

Elle se jette dans mes bras, cachant son visage contre mon sein. » Oui, » me dit-elle, « c'est mon » époux que j'embrasse. Lui consa- » crer ma vie entière est l'unique » vœu de mon cœur. »

Mais à quoi pensé-je de vouloir

te répéter ses paroles, les miennes? Il faudrait y joindre la situation, le regard, l'inflexion de la voix, cette expression, cette chaleur, cette vie enfin, dont le style le plus animé ne pourrait même pas approcher. Il faudrait aussi faire un volume; car il s'écoula peut-être un heure, peut-être deux, peut-être plus encore..... Le tems n'avait point de durée pour nous.

Cependant la longue absence de Joséphine avait inquiété. On la cherchait. Ce fut la fidelle Marianne qui vint du côté où nous étions. Je te laisse à juger de sa surprise en me voyant avec sa maîtresse. -- « Mon doux jésus! » dit-

elle,

elle, « est-il, Dieu possible ? n'est-
» ce donc pas un rêve ? m'est
» avis que v'là ce bon Monsieur
» Saint-Alme, qu'jons tant pleuré.
» -- Oui, Mariane, » lui dit Joséphine, « c'est lui-même. »

Aussi-tôt elle se jette à mon cou
puis me demande comment je me
porte, indiquant du geste que c'est
principalement de ma tête qu'elle est
inquiète. -- « fort bien, » lui répon-
dis-je, en souriant, « fort bien, ma
» chère Mariane, et sans crainte de
» rechûte : ma guérison est parfaite.
» -- Je le vois à la façon dont vous
» me le dites, mon bon Monsieur
» Saint-Alme. Bénit soit à jamais
» le Seigneur. Je cours le dire à

» tout le monde. » Et elle partit.

A peine fûmes-nous de retour au château ; ce fut un concours ! une joie si universelle ! des félicitations si vives ! . . . Toi seul manquais, ô mon cher Dorval ! pour qu'il ne fût plus possible. . . . .

. . . .

J'ai été interrompu par Joséphine, qui venait me faire part d'une lettre qu'elle reçoit de toi, dans laquelle tu lui mandes la suppression de ta place et le renversement de ta fortune.

Mon ami ! mon cher Dorval ! notre bon ami ! le ciel ne veut pas qu'il manque rien à notre bonheur. Te rendre libre, c'est t'appeler auprès de nous. Laisse donc tout là ; absolument tout. Une seule minute de retard serait un larcin que tu ferais à l'amitié. Je ne veux savoir ni ce qui te reste, ni ce que nous avons. Ce que je sais fort bien, c'est qu'il ne peut y avoir entre nous qu'une seule et même fortune.

Dans quatre jours tu recevras ma lettre. Dans six, au plus tard, tu auras à ta porte une voiture toute prête. Dans douze, tu devrais être ici. Nous t'accordons une semaine au-delà. Nous te donnons même les trois semaines complettes : mais songe que c'est tout ce que nous pouvons faire.

Joséphine, voulant t'ôter la possibilité, non d'un refus, elle ne suppose pas l'impossible, (ce sont ses expressions), mais du moindre délai, me charge spécialement de t'assurer que, si tu n'es pas ici à l'époque fixe, elle part avec moi, pour aller te chercher. Elle ajoute, malignement, que sûrement tu ne voudras pas nous donner cette peine.

Tu vois, Dorval, qu'il n'y a pas moyen d'obtenir seulement un répit.

A trois semaines donc, sans le moindre retard, et c'est déja t'avoir trop accordé. Si tu pouvais abréger, pense quel plaisir tu ferais à Joséphine et à ton ami.

SAINT-ALME.

DORVAL répondit à cette pressante invitation, en ne prenant pas tout le tems qui lui avait été accordé. Le dix-huitième jour, il était à Valcerné ; et ce fut pour ne plus se séparer de ses dignes amis.

Sitôt que le deuil de Joséphine fut fini, elle donna la main à Saint-Alme. Bientôt des enfans charmans vinrent mettre le comble à leur bonheur, qui, depuis, n'a plus été troublé par le moindre nuage.

FIN.

www.ingramcontent.com/pod-product-compliance
Lightning Source LLC
Chambersburg PA
CBHW070851030726
47504CB00005B/1306
9782014510775